CAFE

카페정담 情談

CAFE

장석영 수필집

카페정담

글라이더

작가의 말

일상에서 이루어지는 생생한 일이나 기억 속에 떠오른 생각[意思]을 글로 옮기려 할 때 적절한 표현 방법이 없어서 당황 한 적이 있다. 언어로 뜻을 온전하게 전달할 수 없다는 생각은 고대로부터 널리 인식되어왔다. 《주역》〈계사전〉에서도 "글은 말을 다하지 못하고 말은 뜻을 다하지 못한다."고 했다. 하지만 글을 쓰는 사람으로서 언어의 벽을 넘지 못하고 생각의 울타리에 갇혀 머뭇거리게 됨은 실로 부끄러운 일이다.

오랫동안 생각을 거듭한 끝에 수필집 《카페 정담》을 출간하게 되었다. 끊임없이 외연을 확장하는 생각의 실체를 불완전한 언어의 도구로 글장에 묶어두기에는 한계가 있었지만 전체로서 통일을 이루어 하나의 단위로 표현하고자 하는 마음으로 용기를 내서 펜을 들었다.

전전반측(輾轉反側), 잠 못 들어 하는 이들이 한 줄 문장으로 위로를 받고 근심 걱정 많은 사람이 펼친 책장에서 주름 잡힌 마음을 다림질할 수 있는 실감의 언어가 되기를 기대해본다. 세상 외로움에 빠진 이들이 나누는 대화 중에 한두 마디 공감언어로 표현되기를 갈망하면서, 고즈넉한 강변 카페에서 만난 이들이 나누는 대화 속 한 자리를 비집고 들어가 바람에 실려 온 듯 귓가에 전해진다면 더할 나위 없이 즐거운 일이 될 것이다. 다행히 그렇게만 된다면 언어의 불완전성도 조금은 제 구실을 하지 않을까 생각해본다.

출판계의 열악한 현실 속에서도 기꺼이 기획출판을 제안해 준 글라이더 대표께 감사 인사드린다. 문장을 다듬는 동안 밀고 두드리기를 거듭하며 고민하는 내게 과감하게 두드리기를 주문했던 이종철, 전대선에게도 고마움을 전한다.

2021년 겨울 별내에서
麥波 장석영

차례

1장

행복한
위선자

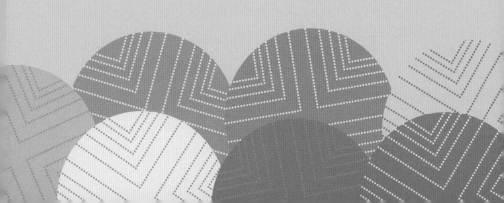

그저 ─ 공(호)일뿐

    집에서 가까운 호숫가를 걷고 있는데 왜가리 한 마리가 사색에 잠겨있다. 어른이 두 팔 정도 뻗으면 서로 닿을 수 있을 정도로 가까운 거리인데도 왜가리는 꿈쩍도 하지 않는다. 자신의 안위를 생각했다면 한번쯤은 주위를 살폈어야 할 상황임에도 별다른 경계 없이 같은 자세로 서 있다. 나는 가던 걸음을 멈추고 뒤로 서너 걸음 물러섰다. 혹여 삼매에 빠진 분위기를 방해하고 싶지 않아서였다. 나와 그 사이엔 약속하지 않은 침묵이 계속해서 이어졌고 그러는 동안 나 역시 초대 받지 않은 사색의 공간으로 들어가게 되었다. 저 친구는 어디서 와서 무슨 생각에 잠겨 있는 것일까, 짝은 어디에 두고 혼자일까, 무슨 생각에 잠겼기에 저도 자신을 잊은 듯한 모습으로 서 있을까, 온갖 상념 속에서 그의 속마음을 이리저리 생각해 볼 때 그는 나의 존재를 의식했던지 갑자기 날개를 펴고 다른 곳으로 훨훨 날아갔다. 나는 그의 뒷모습을 보며 한동안 그 자리를 떠날 수 없었다. 침묵 속에 이루어진 그와의 만남은 아주 짧은 시간이었지만 내 안에서 무언가를 들여다보며 생각할 수 있는 소중한 시간이었다.

일주일쯤 지난 뒤, 나는 다시 호숫가에 나갔다. 유리보다 맑은 호수에 왜가리는 없었지만 호수는 지상의 풍경을 그대로 안은 채 숨을 죽이고 있었다. 위아래 풍경이 얼마나 똑 닮았는지 비교하기 어려울 정도다. 지상의 물상이 물속으로 들어가 깊은 수행을 하는 듯하다. 나 역시 호수의 침묵 속으로 빨려 들어갔다. 순수한 집중을 통해서 마음이 고요해짐을 느꼈다. 그런 중에 나는 묵언 수행 중인 자연계의 사물과 하나 되어 본디의 나를 찾아보려 했다. 깊은 침묵이 이어졌고 침묵의 물면 위로 수많은 생각이 떨어지며 파문이 인다. 하지만 내 안에 나는 없고 다른 생각에 묻혀 그 본시를 잊고 있었다. 맑은 물 위로 나뭇가지 하나가 떨어지면서 파문이 인다. 수면에 일렁이는 물결은 삼매에 빠져있던 자연계의 모든 사물과 나의 진지한 모습을 완전히 흔들어놓았다. 잠시 후 수면은 본래의 모습으로 다시 돌아왔지만 한번 흐트러진 나의 마음은 좀체 안정되지 않았다.

모임이 있어서 인사동에 갔다. 은은한 차향과 잔잔한 노래가 있어서 자주 찾는 찻집에 들렀다. 그런데 그날은 분위기가 사뭇 달랐다. 예닐곱 명의 여성 어르신이 이웃 의자에 앉아있었는데 그들은 큰 소리를 내며 이야기를 주거니 받거니 하고 있었다. 예전에 느꼈던 조용한 정서는 사라지고 서로 존중해야 할 경계의 벽마저 무너진 지 오래다. 우리는 정상 대화가 어려울 것 같아서 그냥 차 마시는 일에 관심을 두었다. 하지만 그들의 나사 풀린 이야기는 끝이 없었다. 그들에게서 느낄 수 있었던 대화의 공통점은 내 말이 우선이고 다른 사람의 말은 귀담아듣지 않으며 상대방이 얘기하는 도중에도 언제든지 말을 끊고 자기주장을 하는 것이었다. 그러다 보니 자연스레 말소리는 높아지고 몸동작도 커질 수밖에 없었다. 하지만 점차 시간이 흐르면서 비슷한 얘기를 자꾸 듣다 보니 나도 모르는 사이에 그들의 분위기에 적응되어가고 있었다. 어떤 대목에서는 은근히 다음 말이 기대되기도 하고 그들의 반응에 따라서 희락(喜樂)의 감정이 밖으로 드러나기도 했다.

어둠이 깨끗하게 물들어가던 날 밤, 나는 침묵의 공간에 자리를 펴고 앉았다. 모처럼 복잡한 일상에서 벗어나 한 가지 생각만 하려고 했다. 왜가리의 고고한 자세를 닮은 몸가짐을 가져보기도 하고, 호수와 같이 맑고 넓은 마음을 열어 보려고도 했다. 공허한 소리를 통해서 자의적 멋에 접근하려는 생활 방식이 아닌 잠잠한 상태에서 고상함을 느껴보려고도 했다. 하지만 아주 짧은 시간에 이전의 생각은 또 다른 생각에 묻히고 만다. 잡념의 꼬리에서 벗어나지 못하고 있었던 게다. 여러 가지 잡스러운 생각에서 벗어나 오직 한 가지 대상에 집중하여 마음을 모으는 일이 얼마나 어려운 가를 알게 되었다. 결국은 침묵을 통해서 세상을 바로 보는 눈을 키워 아름다운 미래를 그려가고자 했던 희망이 무너졌다. 아무런 소득 없이 어둠이 점차 엷어져 갈 무렵, 예전에 읽었던 이규보 선생의 고시조 한 편이 떠올라 다시 읽게 되었다.

깊은 산 속에서 수도 하는 스님이 물을 긷기 위해서 우물가에 갔다가 우물에 둥근 달이 떠 있는 것을 보고 욕심을 내게 되었다. 스님은 두레박으로 물을 퍼 올리면서 물과 함께 고혹한 달빛을 호리병 안에 가득 담아 올렸다. 절에 돌아온 스님은 물병의 물을 독에 부으면서 금방 깨닫게 된다. 병을 기울여 보니 달 또한 오간 데 없이 텅 비어버린다는 사실을 알게 된 것이다.

하늘에 달이 뜨면 우물에도 달이 뜬다는 이치는 누구나 쉽게 이해할 수 있다. 하지만 우물 안의 달빛을 긷는다는 생각은 아무나 할 수 있는 일은 아니다. 그럼에도 우물 안의 달빛을 긷겠다고 한 스님은 도대체 어떤 생각이었을까.

사색의 깊은 골을 지나는 동안 수많은 생각에 물음표를 던져 내가 얻을 수 있었던 것은 그저 공(空)일뿐, 아무것도 아니었음을 알게 된다.

사랑의 — 약속

　지인 자제의 결혼식 청첩장을 핸드폰 문자로 받았다. 늦은 나이에도 결혼할 생각을 않는다고 걱정하더니 잘 되었다는 생각이 든다. 며칠 지나 축하 인사라도 할 요량으로 전화를 거니 목소리가 한껏 상기되어 있었다. 예비 며느리에 대해서 소개를 하는데 참 대단한 사람 같다.

　결혼식 날짜가 열흘 정도 남았을까, 그로부터 문자 한 통이 왔다. 결혼식장이 처음 장소에서 다른 곳으로 바뀌었다고 한다. 사정이 있어서 그렇겠지 하고 지냈는데, 예식 사흘 전에는 결혼식이 연기되었으니 다음에 다시 알리겠다는 문자가 왔다. 조금은 황당하기도, 궁금하기도 했지만 그렇다고 본인이 말하지 않는 일에 묻는 것은 예의가 아니라서 그러려니 하고 있었다. 하지만 궁금증은 더욱 커지는데 마땅한 방법이 없으니 혼자서 소설을 써나갈 수밖에. 그러다가 문득 대학 시절에 읽었던 키셔의(S.I Kishor. 1896~1977)의 '사랑의 약속'이라는 단편소설이 생각났다.

제2차 세계대전 당시, 연합군의 전투기 조종사 블랜드 포드 중위는 펜팔로 알게 된 어느 여성과 꾸준히 편지를 주고받았다. 중위는 전장에서 느끼는 인생의 허무함과 출격 때마다 쌓이는 정서적 불안감으로 힘들고 지쳐있었지만 그 여자가 보내는 편지에서 위로를 받고 삶의 용기를 찾아가곤 했다. 그들에게는 시간이 흐르는 만큼 손편지도 쌓여갔다. 서로를 사랑의 감정으로 이해할 즈음 중위는 여자에게 사진을 부탁했다. 하지만 여자는 남자가 갖는 감정이 실체나 정직한 근거를 가진 것이라면, 여자가 어떻게 생겼건 아무 문제가 되지 않을 거라며 그의 간청을 거절했다.

전쟁이 끝나고 두 사람은 맨해튼의 그랜드 센트럴역에서 만나기로 약속했다. 그동안 한 번도 만나본 적이 없는 그들은 서로를 알아보기 위해 비표(秘標)를 정했다. 중위는 자기를 나타내기 위해 작고 낡은 파란색 가죽 표지의 '인간의 굴레'라는 책을 손에 들고 있기로 했고 여자는 빨강 장미꽃을 옷깃에 꽂기로 했다. 그랜드 센트럴 역에서 내린 중위는 심장이 두근거리는 것을 억제할 수 없어서 그 자신도 놀랄 정도였다. 약속 시간이 거의 다 되어 갈 무렵 금발의 아름다운 아가씨가 도발적인 모습으로 다가와 유혹했다. 중위는 순간적으로 그 여자에게 정신을 빼앗겼지만 그 사람

뒤에는 그동안 편지로 서로 사랑을 키워왔던 홀리스 메이넬이 와 있었다. 메이넬은 마흔 살은 훨씬 넘어 보였고 희끗희끗한 머리 카락은 그녀의 낡은 모자 밑에 눌려 있었다. 몸집은 아주 뚱뚱했으며 굽 낮은 신발을 신고 있었다. 그러나 중요한 것은 쭈글쭈글한 갈색 옷깃에 빨강 장미꽃을 달고 있었다는 것이다. 중위는 순간적으로 선택의 심리적 갈등을 겪게 되었고 자신이 시험 받는 듯한 느낌도 들었다. 물론 그 자리를 빨리 벗어나고 싶은 생각도 있었다. 하지만 그동안 자신의 삶을 지탱해 주었던 여성을 만나고자 하는 갈망은 정말 깊은 것이었고 그 여자가 자신 앞에 서 있다는 사실이 중요했다. 그녀의 창백하고 살진 얼굴이 부드럽고 분별력 있게 보인다는 것을 깨달았다. 그녀의 회색 눈은 따뜻하고 친절하게 빛나고 있었다.

중위는 더는 망설이지 않았다. 그는 자기를 나타내기 위해 들고 있기로 했던 '인간의 굴레'를 꽉 쥐었다. '이것은 사랑이 아닐지도 모른다. 그러나 뭔가 소중하고, 아마 사랑보다도 더 드문 어떤 것, 그동안 항상 감사하게 생각해왔고 앞으로도 반드시 그러할 우정일 것이다.'라는 주문 아닌 주문을 머릿속에 떠올리고 있었다. 그는 당당한 모습으로 인사를 건네며 책을 내밀었다. 비록 말하는 동안에도 실망감으로 숨이 막힐 지경이었지만 사랑의 용기는 그의 행동을 멈추게 할 수 없었다.

저는 블랜드 포드 중위입니다. 그리고 당신은? 당신은 메이넬

양이시죠. 당신을 만나게 되어 정말 기쁩니다. 제가 저녁 식사를 대접해도 좋을까요? 그녀는 얼굴 가득 미소를 지으며 말했다. 젊은이, 난 이게 무슨 영문인지 모르겠소. 방금 지나간 초록색 옷을 입은 젊은 아가씨가 나한테 이 장미를 달아 달라고 부탁을 했다오. 그리고 만일 당신이 나한테 같이 가자고 청하면 그녀가 저기 길 건너편 커다란 레스토랑에서 기다리고 있다고 말해 달라고 했소. 일종의 시험이라고 하더군요. 나한테도 군에 입대한 아들이 두 명 있다오. 그러니까 당신을 위해서 이런 일을 기꺼이 한 거라오.

이웃에 결혼 50주년을 맞은 노부부가 살고 있다. 이들은 하루가 멀다고 다투며 살아간다. 부부싸움이 심할 때는 대화 내용이 이웃에 그대로 들릴 정도이다. 그럼에도 이들에게 부부의 인연은 잘 유지되고 있다. 요즘 들어 황혼 이혼이니 졸혼이니 해서 부부가 헤어지는 일이 유행처럼 번지는데도 잘 지낸다. 나는 가끔 부부 해로라는 것이 어떤 것인지 그들을 통해서 생각해 본다. 우리가 살아가는 세상에는 같은 것은 하나도 없다. 겉으로 드러나는 생김새나 모습이 천차만별이다. 모습뿐만 아니라 성품도 각기 다르다. 그러다 보니 부부는 웃다가도 울고 울다가도 웃으며 살아가는 것이 아닌가 싶다. 자연도 계절이 있어 철따라 변화를 겪는 것처럼 우리가 살아가는 인생도 기쁘고 흥겨울 때도 있지만 힘겹고 고통스러울 때도 있음을 알아야 하지 않겠나 싶다.

산책로를 따라 두 손을 꼭 잡고 걷는 노부부의 모습에서 간밤에 들렸던 야멸찬 소리는 기억할 수 없다. 주위에 많은 아름다운 것이 있지만 어느 것 하나도 그들에게는 비교 대상이 되지 못했다. 그들은 그들이 가야 하는 길을 잘 알고 있기에 오직 그 길을 향해 걸어가는 것뿐이었지만 그것은 이해와 사랑을 향한 몸짓으로 보였다.

행복한 — 위선자

얼마 전, 딸아이를 결혼시켰던 P로부터 한번 만나자는 전화가 왔다. 그러잖아도 근황이 궁금했는데 잘 되었다 싶어 바로 약속했다. 우리는 시 외곽 조용한 식당에서 식사하고 커피숍으로 자리를 옮겨 차를 마시면서 이런저런 얘기를 나누었다. P는 왕년에 지방에서 주먹깨나 쓰는 인물이었다. 술 담배는 생존 필수품이라고 할 정도로 가까이했고 여자 문제도 조금 복잡했다. 그러던 그가 어느 날 갑자기 결혼하고 아이도 태어났다. 한동안 잘 사는 듯싶었는데 시간이 지나면서 예전의 생활습관이 나타나기 시작했다. 결국 여자와 헤어지게 되었는데 두 사람 사이에서 태어난 아이의 양육은 P가 맡기로 했다. 하지만 아이 키우는 일이 쉽지는 않았나 보다. 하루는 아이가 응급실에 실려 가서 생사가 불분명한 상태까지 갔다. 그날 이후로 그는 금주, 금연을 선언했다. 나는 그의 결심에 반신반의했지만 결국 술 담배를 끊고 아이 키우는 일에 전념했다. 그렇게 키운 아이가 얼마 전에 결혼한 것이다.

땅거미가 강물 위로 서서히 번질 즈음 P는 내게 담배 한 대 피우고 싶다고 했다. 술도 한잔 하고 싶다고 했다. 그동안 술과 담배를 끊고서 오로지 앞만 보며 달려왔던 그가 왜 술 담배 생각이 났는지는 그가 말하지 않아도 이해가 갔다. 나는 주변 편의점에서 담배 한 갑 사서 강변으로 갔다. 바람 속으로 빨려 들어가는 하얀 연기의 마성은 우리를 40여 년 전으로 돌아가게 했다. 그는 지난 시간 동안 자신을 버리고 완전히 다른 삶을 살아왔다. 그러고 보니 그는 생활 전반에 많은 변화가 있었다. 우선 생활습관이 달라졌고 말소리, 행동거지까지 완전히 바뀌어 있었다. 한 모금 담배 연기 속으로 눈물방울이 촉촉이 젖어 들어가는 게 보인다. 예전 그에게서 보았던 거칠었던 몸짓과 호방했던 말소리는 어디에서도 찾아볼 수 없었고 포대화상과도 같은 웃음이 만면에 가득했다.

'사랑하면 서로 닮아간다.'는 말이 있다. 맥스 비어봄(Max Beerbohm, 1872~1956)의 《행복한 위선자》는 순순한 사랑, 절제된 사랑, 변하지 않는 사랑을 가면 인간으로 그린 풍자소설이다.

귀족 출신의 조지 헬(George Hell)은 생김생김이 험상궂고 심성이 바르지 못해 파괴적인 행동을 일삼았다. 주변 사람들은 가까이서 그를 마주치는 일조차 두려워했다. 그런 그가 어느 날 아름답고 순결한 오페레타 배우, 제니 미어를 알게 되어 사랑의 감정에 빠지게 된다. 헬은 용기를 내어 그녀에게 사랑을 고백했다. 하지만 헬의 성정을 잘 아는 제니로서는 결코 결혼을 승낙할 수 없었다. 제니는 자신의 결혼 상대는 성자의 모습을 닮은 사람이어야 한다고 말했다. 헬은 깊은 실망감에 빠졌으나 이내 마음을 추슬러 제니가 꿈꾸는 성자의 모습이 어떤지를 상상한다. 그리고는 가면 가게로 가서 세상에서 가장 성스러운 모습의 가면을 만들어 쓰고 이름을 조지 헤븐(George Heaven)으로 바꾸었다. 가면은 매우 정교해서 조금도 의심의 여지가 없었다. 가면 속 본디 얼굴을 아는 사람은 가면을 만들어 준 사람과 가면 가게에서 나오다 마주친 옛 여자 친구 갬보기 뿐이었다. 드디어 헤븐은 성자의 모습으로 제니에게 다가가 사랑을 고백하고 그녀의 마음을 얻어 결혼하게 되었다. 헤븐의 모습으로 가면을 쓴 헬은 매사 성자처럼 말하고 행동했다. 속을 모르는 제니는 그를 우러러 본받을 만한 사람으로 존경했고 헬 또한 제니를 진심으로 사랑했다. 그러나 그의 행복한 혼인 생활 뒤에는 자신의 흉측한 내면, 자신의 과거 모습이 탄로나지나 않을까 하는 두려움이 늘 도사리고 있었다. 그럴수록 그는 성자처럼 자신의 재산을 다른 사람들에게 나누어 주는 등 착한 일을 하였다. 그러던 어느 날, 헬의 옛 애인이었던 갬보기가 제니 미어를 찾아와 남편의 과거를 낱낱이 밝힌다. 경악을 금치 못한 제니는 잠을 자고 있던 남편의 얼굴에서 조심스럽게 가면을 벗겼다.

하지만 옛날 흉측했던 조지 헬의 얼굴은 어디에도 없고 가면과 똑같은 성자의 모습이 드러났다. 가면 뒤에서 끊임없이 회개하고 성자의 얼굴을 닮으려고 애써 노력하다 보니 그의 얼굴 모습이 바뀐 것이다. 성자의 얼굴이 된 그는 아내에게 진실한 사랑의 입맞춤을 하며 소설은 끝난다.

이 소설은 아무리 악한 사람일지라도 사랑하는 사람과 같이 살면서 일부러라도 어진 행동을 하다 보면 자신도 모르게 성자의 모습으로 변하게 된다는 걸 알게 해준다.

어떤 사람은 세상을 살아가면서 종교적인 양심·도덕 윤리적인 양심·사회적인 양심 등, 각각의 가면을 쓰고 본래의 내가 아닌 다른 나의 모습으로 변신하기를 주저하지 않는다. 자신의 약한 모습을 감추고 의연함을 가장해서 다른 대상보다 비교 위에 올려 지기를 기대하기 때문이다. 이런 사람들은 가면을 벗으면 현재의 행복을 잃어버릴 것 같은 두려움에 빠져 현재의 습관을 고치려 하기보다 정당화하려는 경향이 강하다.

물론 가면의 행동이 다 나쁜 것은 아니다. 어느 때는 선의의 가면이 필요한 경우도 있기는 하다. 소극적인 성격을 적극적으로 바꾸기 위해 도전의 가면을 쓴다거나 부정의 생각을 넘어서기 위해 긍정의 가면을 쓰고 에너지를 불어 넣는 경우도 있다. 좋은 사람의 생활 태도를 본받아 자신의 나쁜 습관을 고치는 것도 일종의 가면 효과라 할 수 있다. 자신의 신분을 감추고 어려운 이웃을 위해 자선을 한다거나 사회적 공익을 위해 헌신하는 이들도 있다. 그러나 가면은 양날의 검과 같아서 어느 선까지는 바람직하게 활용될 수도 있지만 자칫 화를 불러올 수도 있으므로 그 쓰임에 관해서는 아주 신중하게 판단해야 한다.

내게는 비밀 통장이 하나 있다. 용돈이 생길 때마다 조금씩 모아 두었는데 이제는 제법 큰돈이 되었다. 나는 통장에 있는 돈으로 가끔 가족과 이웃을 위해 이벤트를 기획하곤 한다. 하지만 아무도 나의 비밀 통장에 대해서 거짓이라고, 위선이라고 말하지는 않는다. 이번 '에충데이'에는 통장의 비밀 하나를 풀어서 집사람과 영화관에서 영화 한 편 보고 근사한 곳에 가서 저녁 식사나 해야겠다.

'에충데이'는 우리 부부가 일주일에 한 번씩 부부 화목을 위해서 만든 우리만의 에너지 충전일이다.

가끔은 내가 ― 나에게

　　나이가 지긋해지면서, 가끔 내가 나에게 묻는 말이 있다. '어디서 와서 어디로 가고 있는가, 또 가는 방향은 제대로 알고 있는가.' 하지만 생각이 깊어질수록 머리는 복잡해지고 물음에 관한 답은 안갯속 그림자처럼 더 뿌옇게 가려질 뿐이다. 이러한 물음은 마음이 편치 않을 때 더 자주 떠오르기 때문에 답답한 심경은 그만큼 복잡해질 수밖에 없다. 그렇다고 불쑥불쑥 찾아드는 생각을 마음 뒤편으로 단번에 물릴 수 있는 능력 또한 내게는 없으니 팔자에 없는 속앓이려니 하고 지낼 수밖에. 다만 영적 분별력을 높여서 세상살이의 수수께끼를 하나하나 풀어가다 보면 인생의 본향과 앞으로 전개될 세계에 대한 앎의 지혜가 쌓여 어느 정도 접근 방식을 찾지 않을까 하는 기대는 해본다.

가수 김태정이 부른 가요 중에 '종이배'라는 노래가 있다. 나이가 웬만한 사람들에게는 제법 알려진 노래이다. 부드러운 소리맵시에 따스함이 더해져 듣는 이의 마음을 편안하게 한다. 노랫말 또한 머릿속에서 잠시 흥얼대다가 잊히는 일반 가요와는 달리, 별난 마음을 향내 나는 정으로 다듬어 부드럽게 여운을 이어가는 멋스러움이 있다. 일상에서 삶의 의미를 찾으려는 이들에게는 더없이 좋은 메시지가 아닐까 생각해본다. 나는 노랫말 중에서도 '물'과 '길'이라는 말을 좋아한다. 우리 인생이 바로 '물'과 '길'과 같다는 생각이 들기 때문이다.

종이배의 1절은 "당신이 물이라면, 흘러가는 물이라면, 사모하는 내 마음은 종이배가 되오리다."로 시작한다. 여기에서 종이배는, 사물에 화자의 감정을 이입하여 자신의 존재를 낮추고 자연에 순응하고자 하는 자세를 표현한 것으로 이해할 수 있다. 자칫 종이로 배를 만들어 물 위에 띄우겠다는 발상은 세사(世事)에 어두운 사람의 분별없는 열정 정도로 오해받을 수도 있지만 그보다는 절대자를 향한 화자의 간절한 소망 의식이 내부 깊은 곳에 자리하고 있음을 알 수 있다. 자신의 모든 것을 버리고 종이배가 되겠다고 자처하는 것은 절대자의 섭리를 깨달은 자의 자신감으로도 볼 수 있다. 절대자를 찬미하며 진리와 함께 갈 수 있는 길을 떠나겠다는 강한 의지가 돋보인다. 마지막 연은 더욱 절절하다. "저 바다로 님과 함께 가오리다."라고 한다. 수동의 몸짓에서 능동의 행동

으로 바뀌어 감을 알 수 있다. 그렇다면 화자가 그토록 간절하게 바라는 물의 존재는 무엇을 말하는 것일까. 물은 절대자의 가르침·말씀·진리로 받아들일 수 있다. 화자는 겸허의 몸가짐과 관용의 마음가짐으로 만물을 이롭게 하는 물에서 성자의 가르침을 보았으며 그 감정을 절제된 언어로 표현하고 있다.

종이배의 2절은 "당신이 길이라면, 내가 가야 할 길이라면, 내모든 걸 다 버리고 방랑자가 되오리다."로 이어진다. 여기에서 주목해야 할 단어는 방랑자이다. 방랑자는 정한 곳 없이 이리저리 떠돌아다니는 사람을 말한다. 하지만 이 노랫말에서 전하고자 하는 방랑의 참뜻은 단순히 떠돌기만 하는 것은 아니다. 세속적인 관심사나 범속한 마음 따위에서 벗어나, 깊은 수행을 통해 깨달은 순수의 경지라고 할 수 있다. 방랑은 세상 온갖 유혹에 현혹됨이 없음을 비유하기도 한다. 그렇다면 방랑자가 가는 길은 어떤 길일까. 아마도 그 길은 선지자에 의해 다듬어진 선(禪)의 길로 보아야 할 것이다. 그 길은 생과 사의 갈림길에서 필연적으로 갈 수밖에 없는, 가야만 하는 외통의 길이기도 하다. 길은 애초부터 만들어진 것은 아니다. 목적이 분명한 사람이 내디딘 첫발을, 뒤따르는 자가 있고 또 다른 이가 그 뒤를 쫓아가다 보면 자연스레 길이 만들어지는 것이다. 이 노래에서 전하고자 하는 길은 선택의 순간에 목숨으로 진리를 지켰던 순교자들의 피명과 그를 이어가고자 하는 성인들의 깨달음으로 다져진 길이며 그 길의 종착지는 절대자와 맞닿아 있을 거라 예단할 수 있다. 그렇기 때문에 노랫말 속에는 절대자의 뜻을 알고 그 존재를 믿는 자만이 그 길을 바로 갈수 있음을 행간의 의미로 좇아갈 수 있는 것이다. 가수는 혼신을 다해 노래 부른다. 세상 욕심 다 버리고 오직 한 분만을 향해 가야하는 방랑의 믿음이 절대적으로 필요함을 절절하게 읊고 있다. 세상의 진리를 받아들이는 데는 한 치의 망설임 없이 과감하게 따르겠다는, 절대자를 향한 강력한 희망의 의지가 돋보인다. 노래를 반복해서 듣다 보면 절대자를 향한 간절함과 고통의 현실에서 벗어나고자 하는 이의 의지적 표현이 형상화되어 나타난다. 분위기에 따라서는 다정다한(多情多恨)의 인간적인 면도 느끼게 되어 내가 품어야 할, 님의 사랑이 무엇인지 어렴풋이나마 느끼게 된다. 내가 어디로부터 와서 어디로 가는지 방향성에 대해서도 어느 정도 윤곽이 드러난다. 이는 종이배와 같이 위태하기도, 낯선 길 위에 홀로 남겨진 방랑자 같기도 한 우리네 삶에 대한 무한 그리움과 충만함의 여운이 그윽이 전달되기 때문이지 싶다. 우리는 보통 먼 길을 돌아야만 피안의 세계에 들어갈 수 있음을 고백한다. 하지만 피안이, 사실은 그리 멀리 있는 것이 아닐 수도 있다는 깨달음을 이 노래는 전하고 있다.

뼛속이 비어 있어서 하늘을 나는 새와 같이 자신을 비움으로써 사랑하는 사람과 함께 자유를 찾겠다는 간절한 소망의 노래 한 소절이 여전히 매력적인 호소로 마음 공간을 가득 채운다.

"당신이 길이라면 내가 가야할 길이라면
  내 모든 걸 다 버리고 방랑자가 되오리다."

선(善)으로 ─ 가는 길

　왼쪽 눈이 이상해서 병원에 갔더니 익상편이라고 한다. 의사는 자란 살점이 매우 크다며 수술을 해야 한다고 했다. 나는 담당 직원과 상의해서 수술 날짜를 잡았다. 수술 당일, 환자복으로 갈아입고 병상에 누워 있으니 간호사가 와서 수술 후에 쓸 안약을 만들기 위해서라며 피를 뽑았다. 혈압 측정도 하고 링거주사도 맞았다. 병원에 오기 전까지만 해도 내가 환자라는 것을 실감하지 못했는데 이제 꼼짝없이 환자로 있을 수밖에 없다.

　운동선수로 활동하던 고등학교 시절 나는 병상에 누워있던 친구를 부러워한 적이 있다. 병문안 가서 병실에 앉아 있는데 간호사가 들어왔다. 간호사는 모든 행동이 자연스러웠으며 입가엔 웃음이 떠나지 않았다. 하얀 옷이 더욱 희게 보이던 여자 간호사의 보살핌을 받던 친구는 두 볼이 발그레 물들어가고 있었다. 나는 부러운 마음에 병상 한 편에서 간호사의 아름다운 모습을 훔쳐 머릿속에 눌러 담았다. 오랜 시간이 지난 지금도 그때 일을 생각하면 웃음이 난다.

병실에서 30여 분쯤 기다렸을까. 남자 직원이 이동식 병상을 끌고 와서 그곳에 누우라고 한다. 그는 능숙한 솜씨로 이동 병상을 승강기 쪽으로 끌고 갔다. 호기심에 잠깐 눈을 떠보니 지나는 사람들이 멈춰 서서는 안 되었다는 표정으로 바라본다. 민망해서 눈을 감았다. 이동 병상 뒤로는 아내가 따라오고 있었다. "잘 갔다 와요." 하는 소리에 눈을 뜨니 어느덧 수술실 앞에 와 있었다. 나는 갑자기 혼자라는 사실에 두려운 생각이 들었다.

수술 대기실에 들어가니 나보다 먼저 온 사람으로 가득했다. 잠시 후 수술 가운을 입은 두 사람이 내 곁으로 와서 인적사항과 담당 의사의 이름을 묻는다. 확인이 끝나자 그들은 나를 안과 전용 수술 방으로 옮겼다. 천장에서 내리쏘는 강한 조명이 눈부시다. 각종 수술 기구가 보인다. 무언가를 들고 분주하게 움직이는 간호사도 보였다. 이어서 전공의로 보이는 사람이 기구로 눈을 크게 벌려 고정시키고 마취를 시키는지 연신 약물을 눈에 뿜어댄다. 약간 아린 정도의 통증이 있었고 불쾌감이 계속해서 들었다. 수술실에 들어오기 전 간호사로부터 국소마취와 전신마취의 중간 단계이니 걱정하지 않아도 된다는 말을 들었다.

집도의가 수술을 시작했다. 얼마나 지났을까. "이제 조금 남았습니다. 어디 불편하신 데는 없으세요?" 하고 묻는다. 대꾸하지 않자, 의사는 계속해서 마무리 수술을 하는 것 같았다. 처음에는 대수롭지 않게 생각하고 들어갔는데 한 시간이 넘게 걸렸다. 수술을 받는 동안 내 몸은 내가 아닌 것처럼 느껴졌고 내 영혼은 내 몸 밖에서 수술하는 사람들의 모습을 멍하니 바라보고 있을 뿐이었다. 육체와 정신은 한낱 허깨비에 불과했다. 메스를 들고 신체 부위를 거칠게 다루는 사람을 보고도 아무런 저항을 할 수 없는 육체, 어느 때는 그들이 사자(使者)처럼 느껴지기도 했다. 이렇듯 어느 곳에도 중심을 내려놓을 수 없는 상황에서 나는 내 삶의 지난 궤적을 이리저리 좇고 있었다. 수술이 거의 끝날 무렵 탈무드에 나오는 '세 사람의 친구' 이야기가 떠올랐다.

　옛날 어느 사람에게 궁궐에서 임금님이 찾는다는 전갈이 왔다. 그 사람은 왕의 부름을 받자 몹시 당황했다. 임금님이 나쁜 짓을 했다고 벌을 주려는 것이 아닌가 하여 두려웠다. 자기 혼자서는 도저히 궁궐을 찾아갈 용기가 없었던 그는 친구에게 도움을 청하기로 했다. 평소 그에게는 세 사람의 친구가 있었다. 그는 첫째 친구를 찾아가 궁궐까지 동행해 줄 것을 부탁했다. 자신에게 가장 가까운 그 친구와는 우정이 각별했고 무한 신뢰를 보냈기에 자기가 부탁하면 어떤 일이든지 들어줄 것으로 생각했다. 하지만 그 친구는 면전에서 냉정하게 거절했다. 크게 실망한 그 사람은 할 수 없이 둘째 친구를 찾아갔다. 둘째 친구는 소중하기는 했지만 첫째 친구처럼 가깝게 지내지는 않았다. 그래도 둘째 친구한테 거는 기대는 컸다. 둘째 친구는 궁궐 앞까지만 함께 가줄 수 있다고 했다. 낙담한 그 사람은 할 수 없이 셋째 친구를 찾아갔다. 셋째 친구와는 평소 친하게 지내지 않았던 터라 크게 기대하지 않았다. 그러나 셋째 친구는 기꺼이 가주겠다고 했다. 오히려 임금님이 오해해서 벌을 준다면 자기가 적극적으로 해명해 주겠노라고 했다.

이야기 속에 나오는 궁전이란 죽음을 의미하고, 임금님이란 하느님을 비유해서 한 말이다. 세 명의 친구 중 첫째 친구는 재산·명예·권력을 말하는데, 이는 아무리 소중하다 하더라도 죽음 앞에서는 그대로 남겨두고 가야 한다는 얘기이다. 둘째 친구는 형제자매 등 친척을 말하는 것으로 장지까지는 따라갈 수 있지만 무덤까지는 함께 가지 못한다는 내용이다. 셋째 친구는 자신이 세상을 살아가면서 쌓았던 선행을 말하는 것으로 평소에는 눈에 띄지 않지만 죽은 뒤에는 영원히 그와 함께 남는다는 것을 의미하고 있다.

깊은 생각에 잠겨 있는데 "어지럽지 않으세요? 토할 것 같지는 않으세요?" 간호사의 말이 들린다. 회복실이었다. 잠시 후에 병실로 올라왔다.

당일 퇴원이므로 아내는 퇴원 수속을 하기 위해 수납 창구로 갔고 나는 안과 병동 로비에서 잠시 쉬고 있었다. 그곳에는 장기 입원 중인 환자가 여럿 있었다. 수술 부위는 서로 달랐지만 서로를 걱정해 주는 관심사는 같았다. 보호자들도 서로 의견을 나누며 아픈 상처를 어루만져 주고 있었다. 나는 안대를 가리지 않은 눈에서 계속 눈물이 흘러 구석으로 가 있는데 어느 환자 보호자가 내게 다가와 음료수 한 병을 건네준다. 손수건으로 눈물을 닦고 있는데 이번에는 옆에 있던 사람이 "눈 수술하셨군요." 하며 걱정해 준다. 절기로는 아직 겨울의 추위가 남아있었지만 내 마음엔 진달래와 개나리가 활짝 웃고 있었다.

인간이 살아가는 세상은 선의(善意)를 갖고 있다지만 그동안 나는 이 같은 선의를 실천하지 못했다. '선(善)으로 가는 길'은 항상 요란한 소리가 뒤따라야 하는 것으로 착각하고 있었기 때문일 게다.

승용차로 집에 돌아오는 중에도 눈물은 계속해서 흘렀다. 하지만 그 눈물은 통증 때문에 나오는 눈물만은 아니었다. 그동안 첫째, 둘째 친구에게 가려서 볼 수 없었던 셋째 친구가 계속해서 나를 위로해 줄 때 내 감성이 따라갔기 때문이다.

어느 노부부가 전하는 — 사랑이야기

　꽤 오래전, 인라인스케이트를 타려고 중랑천에 간 적이 있다. 중랑천은 한강 지류 중 하나로, 경기도 양주시에서 발원하여 의정부시를 거쳐 한강에 합류하는 하천을 말한다. 둔치 아래쪽에서 준비운동을 하고 있는데 팔순쯤 되어 보이는 노인 한 분이 손수레를 끌고 내 앞으로 지나갔다. 나는 일상의 일이려니 하고 건성으로 보아 넘겼다.

　내가 중랑천에 처음 가게 된 건, 달리기 운동을 하기 위해서였다. 그때만 해도 둔치가 정비되지 않아 사람들의 통행은 잦지 않았다. 지금은 강줄기를 따라서 둔치에 도로가 나 있고 노면도 포장이 되어서 이용하는 사람으로 넘친다. 찾는 사람이 많으니 자연스레 생각지도 못했던 일이 발생하곤 한다.

　스케이트를 신고 강변도로를 따라서 달렸다. 맑은 강물이 햇빛에 은색 비늘을 반짝거리며 덩달아 따라오고 있다. 파란 하늘에 펼쳐진 하얀 구름은 오직 자연만이 표현할 수 있는 멋진 풍경이다. 시원한 바람을 온몸으로 맞으며 곧게 뻗은 길 위로 질주하다 굽어진 도로를 따라 돌아서니 조금 전에 보았던 노인이 손수레를 세워 놓고 담배를 피우고 있다. 손수레는 오래되고 낡아 보였지만 바닥에는 온기가 느껴지도록 두툼한 담요가 깔려 있고 손잡이 부분은 고운 천으로 예쁘게 감겨 있었다. 안에는 노파 한 분이 타고 있었다. 손수레를 세워놓은 노인 곁으로 많은 사람이 지나갔다. 인라인스케이트를 즐기는 연인이 있었고 자전거를 타는 사람이 보였다. 삼삼오오 대화를 나누며 흥에 겨워 지나는 사람도 있었다. 그들 중에는 낯선 분위기가 새로웠던지 연신 곁눈질하며 지나가는 사람도 있었지만 노인은 다른 사람의 시선에는 아랑곳없이 수레 곁에서 따뜻한 미소를 짓고 있었다. 잠시 후 노인은 다시 손수레를 끌면서 앞으로 나아갔다. 나는 천천히 그의 뒤를 따라갔다. 손수레에 타고 있는 노파는 수족을 쓰지 못하는 분이었다. 얼핏 보기에 언어 구사도 제대로 할 수 없는 분 같아보였다. 노인은 숨이 벅찬 듯 가끔 손수레를 도로 가장자리에 세워두고 강 건너를 주시하기도 하고 한가롭게 헤엄치는 오리 떼를 바라보기도 했다. 간혹 두 사람의 얼굴이 마주칠 때면 입술을 힘없이 떨어뜨리며 싱거운 웃음을 주고받았다. 이따금 노파의 턱으로 침이 흘러내리면 노인은 거친 손으로 쓱쓱 닦아 주었다. 사랑이란, 체로 걸러진 고운 결정체와 같이 수많은 어려움과 아픔이 여과 과정을 거치면서 쌓이는 진실함이 아닐까 하는 생각이 불쑥 내 머리에 떠올랐다.

예전에 '오아시스'라는 영화를 본 적이 있다. 사회 부적응자인 종두와 중증 뇌성마비 장애인 공주와의 사랑 이야기를 소재로 다룬 작품이다. 그들은 사랑이 깊어갈수록 갈등이 고조되고 난관에 부딪히기도 하지만 결국은 아름다운 이야기로 사랑을 이루게 된다. 정신과 육체가 온전치 못한 이들의 이야기가 보통 사람들의 상식으로는 이해하기 힘들 수도 있다. 하지만 인간 본연의 모습으로 바라본다면 쉽게 공감할 수도 있을 것이다. 그들은 곧 우리이기 때문이다. 두 노인의 모습이 나의 관심사가 된 것도 그들 역시 이 시대를 우리와 함께 살아가는 사람들이기 때문이다.

내가 그런 생각을 하며 또 한 굽이를 돌아서니 많은 사람이 모여 있었다. 과속으로 달리던 두 자전거가 맞부딪치며 싸움이 벌어졌다. 그들에게 주위 사람들은 안중에도 없는 듯 거친 욕설까지 오갔다. 중랑천변에 새로운 길이 생기면서 시도 때도 없이 불어대는 호루라기 소리, 남을 고려하지 않은 자전거의 과속 질주 등 공중도덕의 실종이 덩달아 생겼다. 이기주의가 만연하면서 훈훈한 정도 사라지는 것 같아 아쉽기만 하다. 노인 내외는 자의반 타의반 그 곳에 있어야 했다. 반 시간이 지나서야 두 사람은 싸움을 멈추고 각자의 길로 갔다. 그들은 스스로 승자라고 우쭐해 할지 모르겠지만 그곳에 모여 있던 많은 사람에게는 두 사람 모두 완전한 패배자였다. 싸움이 끝나고 주변이 대충 정리되자 노인은 젊은이들이 옥신각신하면서 쓰러뜨렸던 꽃대를 곧추세웠다. 그리고는 땅에 밟힌 꽃 몇 송이를 주워 노파에게 전해주었다. 순간 그곳에 남아 있던 사람들의 시선이 일시에 그리로 모아졌다. 사람들의 얼굴 모습은 각기 달랐지만 사랑을 전하는 노인의 모습에서 그들은 행복한 웃음을 지었다.

진실로 만족감을 느끼는 사람은 있는 그대로를 이해하는 사람이다. 그것은 물질의 많고 적음에 있는 것이 아니고 개인적 관심사가 다른 사람과의 비교 선상에서 오르내리는 것도 아니다. 비록 짧은 시간이었지만 노인이 우리에게 보여준 행동은 세상사 욕심에서 벗어나 맑은 마음을 많은 사람에게 전파하였다는 것이다. 손수레 뒤로 유채꽃 물결이 일렁이며 노랗게 웃고 있다. 바람을 타고 출렁이는 꽃물결이 모두에게 환한 미소를 보낸다.

우리는 가끔 세상 사람들을 조급하게 비판하고 그것으로 세상을 이해했다고 생각하는 경우가 있다. 하지만 우리가 어떤 대상을 비판하지 않고 그것을 존중하며 주의 깊게 관찰한다면 행위의 참된 의미가 저절로 나타나게 될 것이다. 건강한 사람이나 심신이 불편한 사람 모두가 함께 시간을 보낼 수 있는 중랑천 둔치, 아직은 새로운 환경에 적응하지 못해서 다툼이 있기는 하지만 노부부

가 보여준 가슴 찡한 사랑의 물결이 멀리 퍼져 나갈 때 우리 사회
가 조금 더 따뜻해지리라 생각해본다.

문학의 숲에서 — 일어난 일

문학 모임이 있던 날, 저녁 식사를 마치고 각자 제출한 작품에 대하여 서로 의견을 나누었다. 시간이 흐르면서 본래 의도와는 달리 감정이 고조되고 언성이 높아지는 상황이 벌어졌다. 일부 회원 중에 상대방의 작품에 대하여 가혹하게 비평을 하다 보니 듣고 있던 당사자가 반발을 하게 되었고 서로 옳고 그르다는 말을 주고받으면서 사태가 커졌다. 그런데 잠시 후 묘한 상황이 벌어졌다. 상대방을 공격하던 사람의 작품 차례가 되자 이번에는 다른 사람이 그의 작품에 대하여 신랄하게 비판했다. 이 역시 서로 감정이나 기세가 극도로 높아져 이성적인 말보다는 감정이 섞인 표현이 난무했다. 모임이 끝날 때까지 몇 차례의 공방이 더 오갔다. 처음 만났을 때의 좋은 감정은 유쾌하지 못한 상태로 서로 헤어졌다. 집에 와서는 서로가 상대의 장점을 칭찬해 주기보다는 잘못을 들춰

내야 했던 분위기가 어디에서 왔는지 잠시 마음을 다스려볼 요량으로 장자(莊子) 책을 꺼내 들었다.

장자가 어느 날 조릉의 밤나무 숲에서 산책하고 있었는데 날개 폭이 일곱 자에 이르고 눈의 크기가 한 치나 되는 커다란 까치 한 마리가 남쪽으로부터 날아와 장자의 이마를 스쳐 밤나무 숲으로 날아가 앉았다. 까치를 바라보던 장자는 혼자 생각했다. 저놈은 분명히 까치 같아 보이는데, 저렇게 넓은 날개를 가지고도 왜 높이 날지 못하고 겨우 밤나무 숲에나 앉을까? 저렇게 큰 눈을 가지고도 어째서 사람의 이마를 스칠 정도로 잘 보지 못할까? 고개를 갸웃거리던 장자는 바지를 걷어 올리고 빠른 걸음으로 다가가 활을 들어 새를 겨누었다. 그런데 까치 주변을 살피던 장자의 눈에 실로 기이한 광경이 들어 왔다. 매미 한 마리가 시원한 나무 그늘에서 제 몸을 잊고 노래하고 있었는데 근처에 있던 사마귀 한 마리가 나뭇잎에 숨어서 그 매미를 잡으려고 정신이 팔려있었다. 더 신비로운 것은 그 곁에 까치가 기회를 엿보며 이 사마귀를 잡으려 하고 있었다. 모두 자기가 노리는 사냥감에 정신을 빼앗겨, 자기 몸의 위험에는 전혀 신경 쓰지 않고 있었다. 장자는 이 모습을 보고 소스라치게 놀라면서 "이(利)를 추구하는 자는 해(害)를 불러 들이는구나."라고 말했다. 그러고는 활과 화살을 팽개치고 도망치듯 그곳을 빠져나왔다. 그런데 밤나무 숲을 관리하는 사람이 뒤

쫓아 와서 장자가 밤을 훔친 줄 알고 욕을 퍼부었다. 까치를 겨누던 장자도 자기 뒤에서 자기를 노린 밤나무 지기가 있었던 것이다. 장자는 집으로 돌아온 뒤로 3개월 동안이나 불쾌한 감정에 사로잡혀 있었다. 제자인 인저(藺且)가 물었다. "선생님께서 요즘 심하게 언짢아하시는 이유는 무엇입니까?" 장자가 말했다. "나는 외물에 마음이 사로잡혀 내 몸을 잊고 있었다. 흙탕물을 보느라 맑은 연못을 어지럽히고 있었다. 또한 선생님으로부터 세속의 세계에 들어가면 그곳에서 통용되는 규칙을 따르라는 말씀을 들었는데도 이번에 조릉에서 놀며 내 몸을 잊었고 이상한 까치는 내 이마를 스쳐지나 밤나무 숲에서 놀면서 자기 몸을 잊었으며 밤나무 숲을 관리하는 사람으로부터 모욕을 당했다. 그는 나에게 밤을 훔친 범죄자로 처벌해야 한다."고 꾸짖었기에 나는 불쾌해 하고 있었던 것이다.

우리 사회 곳곳에는 크고 작은 갈등이 쉼 없이 일어나고 있다. 하지만 서로가 상대방의 잘못을 밝히는 데만 집착할 뿐 자신의 잘못에 대해서는 뒤돌아보지 않는다. 그러다 보니 서로 남 탓만 할 뿐 자기가 위험의 구렁텅이에 빠져들어 간다는 걸 느끼지 못한다. 사실 우리에게 위험한 것은 보이는 곳에 존재하기보다는 보이지 않는 곳에 존재하는 일이 더 많이 있음을 간과해서는 안 된다. 사마귀가 매미를 잡기 위해 정신이 팔려 까치가 자신을 노리고 있음을 알지 못했듯이 사람 사이의 관계도 마찬가지일 것이다. 다른 사람이 자기를 지켜보고 있는지를 알지 못하고 오직 자기 자신이 보고 싶은 것만 볼 때 자신 또한 위험해질 수 있다. 지역과 국가뿐만 아니라 작은 모임도 마찬가지이다. 구성원 각자가 작은 잇속을 챙기기 위해 다툼을 벌이는 것은 결국 자신에게 손해일 수 있다는 지혜를 장자는 보여주고 있다.

흐린 물을 바라보며 마음을 빼앗기기 보다는 맑은 물에 몸을 비춰보며 미소를 지어보고, 앞만 보고 달려가기 보다는 한번쯤은 뒤를 돌아보며 상대방의 입장에서도 헤아릴 줄 아는 넓은 눈을 키워 나갔으면 좋겠다.

우물 안 ─ 개구리

오랫동안 나가지 않던 모임이었는데 후배로부터 연락을 받고 참석하게 되었다. 약속한 시간보다 이른 시간에 도착했는데도 벌써 많은 사람이 와 있다. 후배가 입구까지 나와서 안내했다. 당일 모임은 단체 회장을 선출하는 날이었는데 내가 판단할 수 있는 상황은 아닌 듯해서 후배의 의중을 넌지시 물었다. 후배는 회원들에게 '마음을 넓게 쓸 수 있는 사람'이면 좋겠는데 그런 사람은 다 사양하고 사욕이 많은 사람만 나와서 걱정이라고 했다. 그래도 조금 나은 사람이 있느냐고 물으니 '서로 편을 가르지 않는 사람이면 좋겠어요.' 한다. 나는 후배의 심성을 누구보다도 잘 알기에 혼잣속으로 판단하기로 했다. 시간이 되어 후보들이 각자 의견을 발표했다. 작은 규모의 문학모임인데도 발표 내용은 정치 유세 버금 갔다. 나는 그중에서 한 사람의 이야기에 귀를 기울였다. 자기 자신을 낮추며 회원들에게 청한 한 마디는 '세상을 멀리보고 크게 생각하는 마음으로 일하겠습니다.'였다.

미래학자 엘빈 토플러는 그의 저서 '부의 미래'에서 새로운 시대에 부의 혜택을 받는 사람이 되기 위해서는 시간과 공간과 지식을 깨뜨려야 한다고 했다. 지금으로부터 2,500여 년 전, 장자(莊子)가 더 큰 그릇이 되기 위해서 해야 할 혁신적 파괴 요소를 제시한 내용과 거의 일치한다.

장자 외편, 추수 1장에 '우물 안의 개구리'라는 교훈이 나온다. 하백(河伯)은 황하(黃河)를 관장하는 신이다. 어느 날 하백이 다스리는 황하로, 가을 물이 불어서 한꺼번에 흘러들었다. 하백은 강물이 넘실대는 것을 보고는 이 세상에서 자기보다 위대한 신은 없다며 호기롭게 말했다. 자신이야말로 천하제일이라는 자만심이 가득했다. 강물은 쉼 없이 흘러서 북해에 이르렀다. 그러자 황하는 바닷속으로 흔적도 없이 사라졌다. 그는 소스라치게 놀랐다. 그간 자신이 다스리는 황하가 세상에서 가장 크다고 믿었던 생각이 일순간에 무너진 것이다. 하백은 바다를 지키는 신, 약(若)을 바라보며 탄식했다. 그동안 한번도 자기보다 나은 자가 없다고 생각했는데 오늘 바다의 신인 당신을 보고는 그 광대함에 놀랐으며 내가 만일 당신의 문 앞에 오지 않았다면 어떤 위험에 처했을지 몰랐을 거라고 말했다.

약(若)은 황하의 신 하백에게 세 가지 충고를 한다.

첫째, 자신이 속해 있는 공간을 파괴하라. 우물 안에 있는 개구리에게는 어떤 말로도 바다에 대하여 설명할 수 없다. 그 개구리는 자신이 사는 우물이라는 공간에 갇혀 있기 때문이다.

둘째, 자신이 살아가는 시간을 파괴하라. 한여름만 살다 가는 여름 곤충에게는 얼음에 대하여 설명해 줄 수 없다. 그 곤충은 자신이 사는 여름이라는 시간만 고집하기 때문이다.

셋째, 자신이 알고 있는 지식을 파괴하라. 편협한 지식인에게는 진정한 도의 세계를 설명해 줄 수 없다. 그 사람은 자신이 알고 있는 가르침에 묶여 있기 때문이다. 우물 안의 개구리는 공간에 구속되어 있고, 여름벌레는 시간에 걸려 있고, 지식인은 지식의 그물에 걸려 있다는 것이다.

20세기 최고의 미래학자 엘빈 토플러가 2,500여 년 전, 장자의 이야기를 초현대사회에 접목한 것은 인간 심리를 명확하게 들여다본 선지자의 예지력을 높이 평가한 것으로 보인다. 엘빈 토플러는 지자의 뛰어난 지혜를 단순히 이해하는 것으로 만족한 것이 아니라 자신의 저서에 예측 모델로 인용해서 등장시켰으니 장자의 이야기는 과거와 현대를 자유롭게 넘나드는 설득의 논리로 최고의 자리에 있지 않나 싶다.

큰 단체가 아니라서 투표 후 바로 개표 결과가 나왔다. 나는 투표 결과에 일희일비하기보다는 과정을 통해서 '세상을 멀리 보고 크게 생각하겠다.'는 교훈을 얻었으니 그런대로 만족한 하루였지 않았나 싶다.

우리는 살아가면서 알게 모르게 많은 것에 담을 쌓고 지내는 경향이 있다. 나 스스로 쌓은 담도 있고 남이 나를 경계해서 쌓은 담도 있다. 공동생활에서 어느 정도 담을 두르고 지내는 것은 사생활을 지키기 위한 권리일 수도 있지만 지나치게 넓어지면 세상과 단절을 가져올 수도 있다. 빠르게 변화되는 세상에서는 자만과 아집에 빠져 고립을 자초하는 공간의 울타리, 멀리 보고 크게 생각하지 못하는 시간의 울타리, 편협한 생각에 갇혀 다른 사람의 능력을 과소평가하려는 지식의 울타리에서 벗어나려는 노력이 필요하지 않을까 싶다.

행사를 마치고 후배와 술 한잔 하는데 여전히 모임에 대한 걱정을 많이 한다. 이즘처럼 자기 잇속에만 맞춰 행동하는 사람이 많고 절개나 지조 따위는 쉽게 바꾸는 사회에서 작은 모임을 걱정하고 이웃을 생각하는 후배는 아무리 생각해도 보통 사람은 아닌 듯하다.

2장

홀로
가는 길

다른 세상을 — 내다 볼 수 있는 창

어릴 적, 나의 꿈은 훌륭한 운동선수가 되는 것이었다. 나는 꿈을 이루기 위해서 열심히 운동했다. 학창 시절 대부분의 시간이 운동으로 채워졌다 해도 지나친 표현은 아니었다. 운동만이 미래를 보장해 줄 수 있는 최고의 희망이라고 생각했기에 아무리 어려운 일이 있어도 참고 견딜 수 있었다. 세상엔 오직 운동만 존재하고 그 이상은 아무것도 없는 것으로 생각하며 살았다. 그러던 어느 날 감독 선생님으로부터 심히 부당한 대접을 받고 합숙소 근처 야산에 올라가 하염없이 눈물을 흘렸다. 한참을 울다가 우연히 밤하늘을 바라보니 하늘엔 온갖 별이 만든 무지갯빛 호수가 파도를 일으키고 있었다. 나는 잠시 내 안의 노여움을 풀고 그들에게 조심스레 다가갔다. 그러자 그들은 각각의 의미를 달고 내 가슴속으로 파고들어왔다. 그때 나는 세상에는 운동 외에도 아름다운 것이

참 많이 있구나 하는 생각을 했다.

다음날 나는 몸이 좋지 않아 운동 대신 합숙소에 머물며 청소를 했다. 감독 선생님 방을 청소하던 중 나는 이상한 책 한 권을 발견했다. 반라의 여자 사진이 표지에 등장한 주간지였다. 하도 신기해서 몇 번이고 다시 들여다보았다. 그 이후로 나는 가끔 주간지를 구해서 읽었다. 글 중에는 내가 알지 못하는 내용이 참 많았다. 하지만 외부로 드러내 놓고 읽을 만한 책은 아니었다. 그러다 우연히 알게 된 것이 월간지 '샘터'였다. 나의 독서습관은 이때부터 시작되었다. 앞선 책 읽기가 육감적 성숙에 자극이 되었다면 뒤에 시작한 책 읽기는 정신적 발달에 자양분이 되었다. 그 후로 나는 운동 외에 세상 속에 감춰진 아름다움을 찾기 위해서 노력했다.

세상 속에서 또 다른 아름다움을 찾고자 하는 나의 열망은 고등학교를 졸업하고 성년이 되어 대학에 진학해서도 이어졌다. 시간이 날 때마다 산으로 바다로 내달렸다. 눈이 부시도록 아름다운 설산에서, 수십 길 깊이의 신비한 바닷속에서, 눈앞에 펼쳐지던 자연의 생생함은 잊을 수가 없었다. 하지만 온갖 곳을 여행하면서도 마음은 늘 허전했고, 무엇인가 부족함을 느꼈다. 그러던 어느 이른 봄날, 나는 설악산 깊은 계곡을 찾았다. 그날은 온종일 눈이 내렸다. 하얗게 변한 눈 세상을 걸으며 '나는 누구인가'라는 질문을 한없이 되뇌었다. 그때 눈의 무게에 눌려 있던 나무 한 그루가 눈을 털고 일어서는 것을 보았다. 놀라는 나를 더욱 놀라게 한 것은 그 나무 끝에서 돋아나고 있던 새로운 생명, 잎눈이었다. 온 산이 눈으로 덮여 있는데도, 세상에 태어나서 단 한 발짝도 뗀 일이 없는 작은 나무가 봄을 알아 잎눈을 틔운 것이다. 그들은 평생을 한자리에 살면서도 생사와 우주의 근본 원리를 깨우치고 있었다. 여행과 같은 삶의 체험을 통해서 많은 것을 보고 듣고 깨우치는 것만이 세상을 지혜롭게 살 수 있는 길이라고 믿고 그렇게 살아온 내가 부끄러웠다. 그날 밤 집으로 돌아온 나는 산에서 본 자연의 신비로움을 마음 노트에 '자연을 사랑하는 사람과 아름다움을 나누고 그 속에서 인생을 배우자.'라고 적었다. 이는 훗날 내가 전문적으로 글을 쓰게 된 동기가 되었다.

글쓰기를 시작해서 5년여의 시간이 흘렀을 때 나는 주위 분의 권유로 등단했고, 20년의 세월이 지난 후에는 문학강사로 활동하게 되었다. 일상에서 글을 쓰는 일은 고된 작업이기는하지만 새로운 세상에 마음이 크게 움직여 좋은 감정을 오래도록 유지할 수 있다. 이제 수필은 내가 다른 세상을 내다볼 수 있는 창이 되었다. 눈으로 보는 세상을 마음으로 연결하여 마음속에 흐르는 내적 감정과 일체감을 느끼게 하여 나만의 노래를 만들기도 하고 내 마음속에 남아있는 정제되지 않은 생각을 정미하듯 곱게 다듬고 매만져 부드럽게 표현하기도 한다. 과거에는 인간사 희로애락의 감정 표현이 찰나적이고 즉흥적인 관점에 머물렀지만 이제는 온갖 것에 대한 애정 표현으로 바뀐 것이 크게 다른 점이라고 할 수 있다.

이제 나는 또 하나의 아름다움을 찾아 길을 나섰다. 그 아름다움이 구체적으로 무엇인지 아직 확실치는 않으나 어느 날 문득 설산에서 교훈을 찾았듯이 그 깨달음 역시 광휘와도 같이 아주 강력하게 내 안으로 들어와서 나를 온전하게 묶어 놓을지를 기대하면서….

겨울 다음에 — 봄

마음속에 불편한 생각이 쌓이다보니 잠을 제대로 이루지 못하고 밤을 꼬박 새웠다. 이러한 밤은 여러 날 계속되었다. 푸시시한 머리칼이며 꾀죄죄한 모양새가 내가 나를 보아도 우스꽝스럽다. 어디 모양새뿐이겠는가, 마음도 몸도 지쳐서 이제는 모든 일이 귀찮아졌다. 그래도 밤이 되면 한숨이라도 자보려고 몸부림쳐보지만 그럴수록 정신은 맑아지고 잠은 수 백리 먼 곳으로 달아나고 만다. 그간 바쁜 생활 속에서 시간에 쫓기다보니 삶의 본분을 잊고 현명한 생활이며 육체적 건강까지 잃었나보다. 천만근이나 되는 몸의 무게를 느끼며 밖으로 나갔다.

봄비가 내린 대지는 긴 잠에서 깨어나고 있다. 나무의 밑동은 쌀뜨물과 같은 진한 수액이 감돌고 가지 끝에는 생명의 힘이 온축되어 있다. 바람결에 몸을 맡기고 세상과 유희를 즐기는가, 노랑나비 한 마리가 부지런히 날갯짓을 하며 날아다닌다. 양지바른 곳에선 벌써 쑥 잔치, 냉이 놀음이 한창이다. 쑥을 한 움큼 뜯어서 살짝 비벼보니 그 향이 코끝으로 스며들며 심중에 심어 놓은 꽃과 인사를 나눈다. 형체도 없이 기억만 남아있던 마음의 꽃은 계절의 문을 열고 자연의 식구를 맞아들인다. 대자연의 생명력이 대지 위로 피어오르듯 내 안의 고운 흔적이 오묘한 변화에 긍정의 에너지로 화답한다.

삼육대학교 캠퍼스 호수에는 사랑에 빠진 원앙 한 쌍이 설렘과 가슴 두근거림을 은빛 물결로 수를 놓는다. 사람들은 자신을 여러 가지 빛깔로 그려내기라도 하려는 듯 무채색 외투를 벗고 파스텔 색조의 복장으로 활보한다. 겨울의 장막을 걷고 자연과 하나 되려는 사람들의 봄바람을 느낄 수 있다. 불과 보름 전까지만 해도 자연은 겨울의 긴 잠에 빠져있었고 사람들은 추위에 눌려 어깨를 움츠리며 다녔는데 이제는 완전히 계절의 변화를 실감할 수 있다. 자연이 생기를 찾고 사람의 활동이 왕성해지는 봄은 겨울이라는 긴 다리를 건너면서 더욱 매력적으로 다가온다. 겨울이 있어서 아름다운 계절, 우리는 겨울이 전하는 소리에 귀 기울여야 한다.

겨울은 인내를 시험받는 절기이기는 하지만 한편으론 우리가 가슴으로 살아야 하는 계절이기도 하다. 사람은 어려움을 맞게 되면 겸손함을 알게 되고 새로운 도전에 대한 자신감도 생긴다. 강한 사람에게는 혹독한 추위도 세상을 가로막는 폭설도 문제가 되지 않는다. 오히려 겨울에는 따뜻한 난로가 피워지고 방안의 그윽한 불빛이 창밖으로 새어나와 사람 사는 정을 느끼게 하는 특별함이 있다. 순백의 아름다움을 온 정성으로 맞이하여 낭만을 즐기기도 한다. 그럼에도 많은 사람이 겨울나기를 두려워하는 것은 새로운 일에 도전하기보다는 익숙해진 생활의 편리를 고집하여 문명의 이기에 지나치게 의존하고 있기 때문이다. 저마다 욕망은 자연에 반하는 생활을 추구하고 극에 달한 이기심은 인간의 본향을 잃게 한다. 겨울을 겨울답게 살지 못하고 온실 속에서만 지낸다면 우리의 삶은 건조하고 삭막해질 수밖에 없다. 겨울은 시련의 과정이 아니라 인간 삶의 온기가 서린 계절이어야 한다. 새로운 생명이 언 땅을 비집고 세상으로 나오듯 우리 인생 또한 당면한 어려움을 긍정적으로 받아들이고 그 벽을 허무는 일에 우선해야 한다.

새로운 시작, 새로운 계절이 문을 열고 우리를 마중하고 있다. 우리가 살아가는 하루는 어둠과 빛이 있어 음양의 조화를 따르고 계절은 규칙적으로 되풀이되는 자연현상이 있어 질서가 유지된다. 인생 역시 고통이 없는 행복은 있을 수 없다. 우리는 날마다 편안한 세상을 살아갈 것인가로 고민하기보다는 난제를 어떻게 극복하며 살아갈 것인가를 먼저 생각해야 한다. 누구나 인생에 겨울은 찾아온다. 계절의 순환이 그러하듯 인생의 윤업(輪業) 또한 일련의 과정에 따라 고민의 파고를 넘을 때 행복이 있다. 폭풍에도 날개를 펴서 더 높은 곳으로 날아오르는 독수리와 같이 인생의 목표를 달성하기 위해 고행도 맞서 극복하는 슬기를 깨달아야 한다. 생물학적 나들이로 시작한 하루가 조금은 피곤하기도 했지만 봄소식과 함께했던 시간 속에서 정신 작용은 오히려 맑아졌다.

집으로 돌아와 소파에 잠깐 기대어 있었는데 나도 모르게 잠이 들었다. 짧은 시간 꿀잠을 자고 나니 온몸이 개운해졌다. 손전화기를 열어보니 봄을 찬미하는 따뜻한 문자 한 통이 나를 기쁘게 한다. 나의 생활에도 겨울이 지나 봄이 오고 있었다. 이제 그 따스함을 가슴에 품고 봄맞이 채비를 해야겠다.

인생의 ─ 무늬

기지개를 켜면 파란색 하늘이 손끝에 걸려 온몸으로 빨려 들어올 것 같은 초가을, 집에서 가까운 용암천에 나갔다. 물줄기가 굽어 흐르는 조용한 곳에 자리를 잡고 앉았다. 물무늬가 서서히, 부드럽게 눈을 호강 시킨다. 물 울음소리와 함께 만들어지는 물무늬는 갓난이의 티 없이 맑은 미소와도 같이 사람의 마음을 휘어잡는다. 앞선 자가 펼쳐 놓은 물무늬는 뒤따르는 자가 바통을 이어간다. 정수리를 향해 내쏘는 햇빛을 똑바로 바라볼 수는 없지만 냇물에 반사되어 비치는 투명한 빛은 은피라미의 비늘처럼 눈부시다. 처음 마주했던 물줄기는 벌써 저만치 가 있다. 그들이 만들어 놓은 물무늬는 여전히 뒤따르는 자가 본래의 모습을 이어가고 있다.

내 안의 감정은 물 흐름이 만들어 내는 자연의 신비감에 매료

되어 반의식(半意識)상태로 빠져들어 가고 있다. 몇 날 동안 고민을 해서라도 풀어보고자 했던 지난날의 가슴 아픈 이야기며, 한 번도 가보지 않은 길에 대한 두려움으로 고민을 하면서도 희망적인 생각을 포기하지 않았던 이야기가 뒤엉켜 현실과 상상의 공간을 끊임없이 오간다. 그러고 보니 물무늬는 기쁨과 슬픔과 애처로움과 즐거움이 함께 어우러져 피어나는 난장(亂場)이었다. 냇물의 소용돌이 속에서 나는 온갖 인생의 고뇌가 담긴 일기장을 펼쳐 보는 듯했다.

1980년대 초, 한 번도 경험해보지 못했던 서울 생활이 기대 반 우려 반으로 다가왔다. 새 직장을 얻어 처음으로 출근했다. 직원들의 인사가 사뭇 긴장감을 느끼게 할 정도로 깍듯해서 무척 당황스러웠다. 시골에서는 사적인 예의에 크게 얽매이지는 않아도 따뜻한 정이 있어 마음만은 늘 편안했다. 전임 직장에서는 겪어보지 못했던 생활에 적응하느라 한동안 마음고생이 심했다. 우울하게 보내는 시간이 많았고 고향 생각에 먼 산을 바라보는 횟수도 잦아졌다. 수더분한 사람들에게서 풍겨오던 시골 인심이 그리웠다. 모든 생활이 과거의 어느 한곳에 멈춘 듯 향수에 젖어 있었다.

우연히 집 근처에 있는 북한산에 올랐다. 숲속에서 지저귀는 새들의 노랫소리는 동심을 추억하게 하고 계곡에서 불어오는 시원한 바람은 여러 가지가 얽혀 복잡해진 현실의 깊은 잠을 깨웠다. 모처럼 맑은 마음을 가질 수 있었던 나는 자연이라는 세상 속에 몸을 맡겼다. 그날 이후로 시간만 있으면 산으로 내달렸다. 천천히 산에 오르기보다는 다른 사람보다 빨리 정상에 오르는 것을 자랑삼아 했다. 산정에서 맘껏 쏟아내는 함성은 세상을 향해 외치는 울분 같기도 했고 미래를 향해 던지는 몸짓이기도 했다. 계속해서 산은 나를 불렀고 나는 그 부름에 충실하게 대답하며 따라갔다. 비가 오는 날에는 온몸으로 비를 맞으며 비와 하나 되기를 원했고, 눈이 내리는 날에는 눈발을 머리에 쓰고 세상을 안고 걸었다. 어두운 밤에는 어둠 속에 동화되어 가는 나를 찾기 위해 무작정 걷기도 했다. 점차 산에 가는 일에 익숙해졌으며 자연의 변화 속에서 내가 대처해야 할 상식도 쌓여갔다. 산에서 어려운 고비를 맞고 돌아온 다음 날엔 주변 사람에게 무용담을 늘어놓기도 했다. 나는 산에서 자유를 찾았으며 그러한 자유는 내 인생을 정신적 긴장감으로부터 점차 안정 시켜갔다. 세상 사는 일이 즐거웠다. 자연은 나의 모든 기쁨과 아픔을 함께 해 주고 늘 나와 같이 있었다. 나 또한 어린아이처럼 자연에서 모든 걸 얻기를 희망했다. 내가 산에 갈 때면 자유로운 한 마리 새가 되어 세상을 훨훨 날아다녔다. 산에 있는 동안은 삶의 고통으로부터 한 발짝 비켜 서 있었으며 세간에 집중된 일조차 한낱 부질없는 일로 여겨졌다. 나는 앞선 사람이 만들어 놓은 길을 따라서 부지런히 걸었다. 땀이 온몸으로 흘러내릴 때도, 숨이 멎을 것 같은 상황에서도 질주본능은 계속되었다. 누가 통행을 막는 것도, 곧바로 길이 끝나는 것도 아닌데도 나는 온몸으로 자연에 반응하고 있었다. 오히려 자연에 대한 접근 방식은 오만에 가까울 정도로 자신감에 차 있었다. 하지만 세상에 존재하는 모든 것은 내 곁에서 잠시 머물 뿐, 결코 함께 할 수는 없다는 사실은 몰랐다. 마음에 지향된 한 가지 것만 좇는 일에 정신을 빼앗기다 보니 사리 분별의 여부를 떠나 자기 궤도를 벗어날 생각을 하지 못했다.

히말라야 체르고리봉에서 하산하던 중 낙상으로 크게 다쳤다. 비상 헬기로 카트만두 국제병원을 거쳐 국내 대학병원 응급실까지 이동해야 했는데 당시는 혼돈의 위기 상황이었다. 나는 이동 중에 끊임없이 불확실한 미래에 대해 알고 싶었지만 돌아오는 답은 불안과 공포였다. 실체도 자성도 없는 텅 빈 상태가 곧 현실이었다. 수술 후 점차 몸이 회복되면서 채우기 위해서는 비워야 함이 우선이라는 것을 알게 되었다. 무엇이든 채우기 위해서는 빈 그릇이 필요했는데 그간의 나는 꽉 채운 그릇을 들고 더 담으려고 안달했던 것이다. 경계가 없는 무한 수용의 의미만을 알았지 비워야 채울 수 있다는 평범한 진리에는 귀를 기울이지 않았다. 현실이 심각하게 위험 상황을 맞은 것은 그간 자연의 내재적 의미에 귀 기울이지 않은 잘못도 있다. 거침없이 달려가는 문명 일변도의 지향은 오직 그것만이 개인의 가치를 이룰 수 있는 유일한 길인 것처럼 환영(幻影)에 빠져 정신없이 앞만 보며 달려왔던 것도 문제였다. 조금 늦긴 했지만 한번의 큰 사고는 내게 기쁨과 행복이 어디서부터 비롯되고 꽃을 피울 수 있는가를 확인할 수 있었던 훌륭한 체험이었다.

내가 지난 일을 펼쳐보는 것은 무엇을 얻고자 하는 것이 아니다. 누군가를 기다리기 위해서 하는 일도 아니다. 그냥 바라보기 위해서이다. 과거를 바라보고 현재를 바라보고 나아가 인생을 바라보고 있는 동안 나는 어디에서 와서 어디로 가야하는가를 명확하게 알 수 있다. 물이 흘러 물무늬를 만들어 내듯 인생이 흘러 인생 무늬를 만들어 낸다. 나 스스로 만든 인생 무늬를 내가 직접 바라볼 수는 없지만 누군가 나의 인생 무늬를 보고 조금이라도 가치 있는 삶을 흉내 낸다면 조금은 내 삶에 위로를 받을 것이다.

자리에서 일어섰다. 오늘도 나는 물무늬를 통해서 인생 무늬를 보았듯 인생은 술래가 되어 숨은 그림을 찾아내는 놀이와 같다는 생각을 해본다.

자연에 ─ 길을 묻다

나뭇가지에 매달려있던 마른 잎 하나가 바람에 흔들거리다가 조용히 떨어진다. 사소한 인연에 집착하여 이러지도 저러지도 못하는 중생(衆生)에게 전하고자 하는 메시지가 있는 것 같다. 사람들은 마음이 무거울 때 자연에서 답을 찾고자 한다. 자연은 생명을 가진 모든 것의 본디 고향이니 인간이 순수와 진실한 마음으로 가까이하고자 하는 것은 당연한 이치라 생각한다. 자연 속에 있으면 인간의 마음속에서 재생되는 온갖 이미지가 절로 풀려나온다. 이전에 경험한 것에서 미래의 초현실적인 것까지 온전하게 드러난다.

퇴직을 몇 년 앞두고 현직에서 물러나면 어디에서 살 것인지를 놓고 생각한 적이 있다. 나의 오랜 꿈은, 전원 풍경 속에 작은 집 하나 지어놓고 조용하게 사는 것이었다. 비록 커다란 마당은 없어도 내 마음이 고요하게 머물 수 있는 곳이면 좋겠다고 생각했다. 가끔은 비바람에 시달릴지라도 어느 한때는 구름 비행기에 마음을 실어 세상과 맘껏 교류하며 살고 싶었다. 그러나 현실은 그저 녹록할 뿐이었다. 고민 끝에 차선으로 선택한 것이 지금 살고 있는 아파트이다. 우리 아파트는 불암산 가까이에 있어서 마음만 먹으면 언제든지 산으로 달려갈 수 있다. 머리가 아픈 날은 머리를 식히기 위해서, 기분 좋은 날은 좋은 감정을 이어가기 바라는 마음으로 산에 간다. 십여 년 가까이 산에 다니다 보니 이제는 산에서 내가 무엇을 해야 할지 감이 온다.

처음 산행에선 호기심 가득 이곳저곳을 둘러보느라 산의 참모습을 파악하지 못했다. 산에 오르는 횟수가 점차 많아지면서 자연의 존재감에 대하여 조금씩 이해하기 시작했다. 세상 물정에 묻혀 지낼 때는 어느 것 하나 여유가 없었는데 자연과 인연을 맺고 자주 왕래하다 보니 모든 것이 넉넉하여 마음 졸일 필요가 없어졌다.

우선 시각적 풍요로움에 나는 행복해진다. 우리의 오감 중에서 시각 기관은 단순하게 빛의 자극을 받아들이는 감각 기능을 넘어 새로운 세상과 소통을 위한 관문이다. 눈으로 받아들인 온갖 세상의 빛깔은 마음에서 정화되어 세상을 아름답게 볼 수 있는 진정한 가치를 완성한다. 또한 후각적 풍요는 어떠한가. 새로운 계절이 열릴 때마다 자연의 은은하고 향기로운 냄새는 가슴을 두근거리게 한다. 자연과 인간 사이에 연결해 놓은 징검다리와도 같이 끊어질 듯 이어지기를 반복하는 향내는 거친 마음을 순화하는 명약이다. 인간사회에서 중요한 것은 관계를 가로막는 불신의 벽을 허무는 일이다. 자연의 향내는 어느 곳에도 막힘이 없다. 우리가 추구하는 행복이 서로 벽을 허물고 공동 이익을 추구하는 것이라면 자연의 향내는 이미 그 벽을 넘어 교훈을 품고 있다. 또 하나 빼놓을 수 없는 것이 청감이다. 숲속에서 하루만이라도 밤을 새운 사람이라면 새벽녘에 들려오는 맑고 깨끗한 소리를 기억할 것이다. 동트기 전 숲속에서 들려오는 새소리는 맑은 호수에 달빛이 비치어 반짝이는 잔물결같이 여운이 오래간다. 다만 물결이 빛으로 발현되는 현란한 율동이라면 새소리는 어둠에서 빛의 세계를 지향하는 희망의 울림이라 할 수 있다. 자연에서 들려오는 새소리는 나의 의지로 듣는 소리가 아니다. 새의 영이 나의 감각기관으로 들어와서 나의 영혼을 움직이는 것이다.

　누가 알아주든 말든 대자연의 생명력은 자신만이 가지고 있는 고운 빛깔과 향기로 산과 들을 물들인다. 하지만 나의 지나간 시절은 세상 속에 감춰진 아름다움을 보지 못하고 현상에만 집착하는 어리석음으로 도를 넘은 때가 있었다. 생활이 각박하고 여유가 없어서 자연의 소리에 귀를 기울이지 않은 때문이다. 한때는 이를 고쳐보고자 하는 마음도 있었지만 막상 현실에 적용하기란 여간 어려운 일이 아니었다. 그나마 다행인 것은 자연과 교감을 이루면서 본래의 나를 회복하기 위해서는 어리석고 유치한 생각이나 감정을 버리고 열린 마음으로 자연의 질서 안으로 돌아가야 한다는 분명한 명제를 끌어낸 점이다. 이는 곧 자연의 섭리이자 우주의 이치에 부합하는 길이기도 하다.

자연의 질서는 물이 흘러가듯 흐름을 멈추지 않는다. 계절의 순환과정이 그렇고 자연계에 살아가는 온갖 생명체의 생멸 원리가 그러하다. 자연은 생명을 가진 모든 것을 품에 안는다. 인간이 자연 앞에서 순수해지는 것은 바로 이 때문이다. 따라서 인간은 자연을 지배와 피지배의 관계로 판단할 일이 아니라 공생 공존의 지혜로 접근해야 하는 당위성이 성립하는 이유이기도 하다. 우리가 욕심내서 얻게 되는 세상의 많은 것은 시간이 지나면 시들해지기 쉽지만 자연만은 늘 같은 모습으로 우리 곁을 지키고 있다. 자연은 목적을 기대하고 얻어지는 투쟁적 가치가 아닌 오로지 생명의 숨소리만으로 사랑을 이뤄내는 초자연적 가치이기 때문이다.

꿈결인 듯 현실인 듯 비몽사몽간에 들려오는 소리, 자연의 소리가 귓전에 맴돈다. 오늘도 나는 등산화 끈을 묶으며 힘 조절을 한다. 복잡한 세사(世事) 놓아버리고 맑은 영혼 가득 채워 오기를….

물고기와 나눈 — 사랑 이야기

　장맛비가 그치자 파란 하늘이 열렸다. 태양은 그 가운데서 뜨거
운 열기를 쏟아붓는다. 덥기는 했지만 오랜만에 보는 햇빛이 좋아
밖으로 나가고 싶은 충동이 인다. 잠시 생각 끝에 중랑천을 걷기
로 했다. 친구에게 전화로 만날 약속을 하고는 좀 일찍 도착했다.
천변은 날씨가 더워서인지 사람들의 통행이 뜸했다. 나는 곱게 단
장을 마친 보도를 따라서 걸었다. 장마로 불어난 물이 시원스레
흐른다. 30여 분쯤 걸었을까. 물가에서 퍼덕이는 소리가 들렸다.
나는 걷던 방향을 바꿔서 물이 흐르는 아래쪽으로 내려갔다. 길이
가 두어 뼘 정도 되어 보이는 잉어 한 마리가 바위틈에서 버둥대
고 있다. 나는 두 손으로 그를 번쩍 안아 올렸다. 그는 온몸을 날
려 내게서 벗어나려고 했고 두 눈에는 두려움이 가득해 보였다.
몸집이 큰 잉어를 바라보고 있는 동안 묘한 감정에 젖어 들었다.

나는 한때 스킨스쿠버에 빠져 있었다. 첫 투어로 죽변 앞바다를 선택했다. 해저 여행에 대한 기대는 푸른 파도의 출렁임만큼이나 컸다. 고무보트를 타고 입수 지점에 도착했다. 실내 스쿠버장에서 실전 연습을 여러 번 했음에도 망망대해에서 오는 불안감을 떨쳐버릴 수는 없었다. 제반 장비를 점검하고 바다에 뛰어들었다. 난생처음 경험하는 해저 세상이었다. 쭉쭉 뻗은 수초의 유연한 몸매에 시선을 빼앗겼다. 산호의 눈부신 색상과 백색 폴립이 만들어 내는 기기묘묘한 형상은 보석박물관을 연상케 했다. 산호 사이로 멍게와 미더덕이 이웃하며 살고 있고 그 사이로 울긋불긋 차려입은 한 떼의 물고기가 유유자적하게 노닐기도 했다. 잠깐 사이였지만 나는 새로운 세상에 대해 많은 경험을 했다. 정신을 차리고 계기판을 보니 수심이 30m에 달했다. 실내 스쿠버장에서는 최고 5m 수심에서 연습했는데 갑자기 깊은 바다라고 생각하니 긴장되었다. 심호흡을 하고서 동료의 눈빛을 살폈다. 그도 나와 같아 보였다. 우리는 안전에 대한 신호를 손으로 주고받은 다음 방향을 바꿔서 전진했다.

커다란 산이 보이고 계곡도 보였다. 계곡을 지나 능선을 따라서 올라갔다. 조금 전까지는 긴장한 탓으로 덩치 큰 물체가 주로 보였는데 이제는 세세한 것까지 눈에 들어왔다. 바위와 바위 사이에서 잠시 멈추었다. 물속에서는 물체가 실물보다 크게 보이기 때문에 정확하게 크기를 예측할 수는 없었지만 작은 강아지만한 물고기가 우리를 쳐다보고 있었다. 깊은 바다에서 물고기와의 조우는 호기심을 갖기에 충분했다. 우리는 바른 자세를 유지하며 그를 바라보았다. 그는 우리의 속내를 확인이라도 하려는 듯 꼼짝하지 않았다. 한참 후 껌벅이던 눈빛은 경계심에서 환영의 모습으로 바뀌는 것 같았다. 서로 의사소통이 이루어진 것일까. 그가 움직이기 시작했다. 우리는 서서히 그를 따라갔다. 그는 바닷속을 안내하는 훌륭한 가이드였으며 그를 따라서 지나는 골짜기는 신비로움이 가득했다. 그는 바위의 끝자리에 멈춰서 몸을 한 바퀴 돌리는 재주를 부렸다. 우리는 그와 하나 되고 있음을 느꼈다. 잠시 후 그는 꼬리를 획획 저으며 빠르게 그곳을 빠져나갔다.

그와의 만남은 짧은 시간이었지만 깊은 바다에서 오는 두려움으로부터 심리적 안정을 찾을 수 있었던 시간이기도 했다. 정신을 차리고 주위를 살폈다. 주변은 온통 멍게 밭이었다. 우리는 주먹보다 큰 멍게를 하나씩 따서 칼로 껍질을 벗겨내고 서로의 입에 넣어 주었다. 심해 여행의 특미였다.

나는 두 손에 들고 있던 잉어를 다시 바라보았다. 잉어는 자신의 모든 운명을 내게 맡긴 것처럼 조용하게 있었다. 내가 잉어를 보면서 불현듯 스쿠버 여행 중에 만났던 물고기를 생각하게 된 것은 두 상황이 서로 말로는 이해할 수 없었지만 우주의 깊은 원리가 통하고 있었기에 그랬나 보다. 나는 물이 잘 흐르는 곳에 그를 놓아주었다. 물고기는 당황해하던 처음 모습과는 달리 힘차게 아래쪽 물길로 내달렸다.

그와 내가 주고받은 것은 눈 맞춤이 전부였지만 그 이상의 언어는 필요하지 않았다. 우리는 마음으로 전해지는 감정을 받아들이면서 서로 통했던 것이다. 어찌 보면 언어란 사람과 사람 사이에서 이루어지는 통신 수단이기는하지만 다른 생물체와의 상호교감에 있어서는 그리 중요한 것이 아니라는 생각이 들었다. 나는 그가 떠난 곳을 바라보다가 자리에서 일어났다.

중랑천 산책을 마치고 집으로 돌아오는 동안 계속해서 침묵이 이어졌다. 침묵 속에 나는 우리가 살아가는 사회에서 서로를 이해하기 위한 수단은 말이 아니라 따뜻한 사랑임을 알았다. 사랑은 모든 것을 선(善)으로 연결하기에 서로를 위할 줄 아는 최고의 언어이자 의사소통의 도구였다.

동행했던 친구가 씽긋 웃는다. 나도 따라서 웃었다. 산책길에서 나눈 많은 얘기 중에서 단연 최고의 대화가 아니었나 싶다.

만화만색(萬花萬色) — 만인만태(萬人萬態)

　겨울나무가 기지개를 켤 겨를도 없이 봄은 그렇게 다가온다. 연한 꽃망울이 살포시 고개를 들면 눈부신 태양이 그들을 환영한다. 회색빛 울타리에 갇혀 세상 나들이를 저울질하던 온갖 물상은 이때를 기다렸다는 듯이 깊은 잠에서 깨어나기 시작한다. 나비는 발랑발랑 날개를 치고 종다리는 지지배배 목청을 높인다. 잔뜩 움츠렸던 대지는 온갖 생명체가 씨앗을 파종하고 훗날을 위해 각자의 성채(城砦)를 쌓는다. 이처럼 세상사 이치는 자연의 질서와 조화 속에서 이루어지는 생명의 힘으로부터 시작된다. 생명을 잉태하고 생명을 키워가는 봄이야말로 우리가 그토록 바라고 꿈꾸어왔던 희망의 빛이 아니던가.

　산하(山河)는 변신 화장술로 신비의 세상을 그려가고 있다. 소나무의 안정된 바탕색에 오색의 연한 빛이 물감을 풀면 그럴듯한 한

폭의 그림이 된다. 계절이 점점 더 따뜻해지고 온화하게 수를 놓기 시작하면 벌 나비가 모여든다. 이 시기에 사람들은 오감을 발휘하여 세상과 접속하고 살아있는 모든 것과 사랑하기를 주저하지 않는다. 순수의 정원이 열리면 기나긴 시간 동안 침묵 속에 갇혀있던 우울과 불안에서 헤어나고 무한한 가능성을 향해 힘차게 뛰어오른다. 과거의 잘못으로부터 이해와 용서를 청하고 자신의 본래 모습을 회복하기 위해 부단히 노력한다. 진정한 행복은 정해진 틀 속에서 이루어지는 것이 아니라 자신을 감싸고 있는 모든 것을 허물었을 때 비로소 느낄 수 있음을 알게 된다.

묵직한 계절의 문을 힘차게 열어젖히고 세상을 호령하는 기운 중에서도 단연 으뜸은 봄꽃이다. 봄꽃은 자라고 피는 모든 과정이 자식에 대한 어머니의 본성적 사랑 같아서 포근하고 안락함이 느껴진다. 그래서인지 봄에는 많은 꽃이 경쟁이라도 하듯 앞다퉈 피어난다. 나는 이러한 계절에 몇몇 꽃을 보면 그것과 닮은 성향의 사람이 떠오른다.

우선 '달빛 속의 배꽃'을 보면 한세상 순정으로 살다간 P선생님이 생각난다. 구김살 없는 얼굴에 걱정의 그림자라곤 어느 곳에서도 찾아볼 수 없었던 그는 문학을 하는 후배들에게 귀감이 된 분이다. 사람 사는 일이 늘 편안하지만은 아닐 진대도 그는 주변 사람에게 한번도 마음 불편한 행동이나 언담을 한 적이 없다. 상황에 따라서는 후배들의 잘못에 대하여 한두 마디 정도는 지적할 수도 있었겠지만 그는 늘 잔잔한 미소로 후배들을 대했다. 나는 그분의 선비정신에 취해 언제든지 가까이 다가가기를 주저하지 않았다. 배꽃이 발산하는 순백의 정열에서 P선생님의 순정을 느끼게 하는 것은 그만큼 선생님의 성숙한 인간미를 볼 수 있었기 때문일 게다. 짧은 시간 꽃을 피우다 떨어지는 배꽃을 볼 때마다 조금 더 세상에 머물면서 아름다운 것을 많은 후배에게 전해주었으면 하는 생각이 드는 것은 그만큼 그의 빈자리가 아쉬움으로 남아있기 때문일 게다.

유난히 붉은 빛으로 온 산을 물들이는 진달래를 보면 친구 H가 생각난다. 진달래는 낮은 산에서 높은 산에 이르기까지 전국의 모든 산에서 자라지만 대개 키 큰 나무 아래서 낮은 자세로 살아간다. 진달래가 내뿜는 선홍빛 빛깔은 봄의 전령으로 이 세상에 와서 봄기운을 화끈하게 지피는 역할을 한다. 봄을 알리는 일종의 불쏘시개 같다고나 할까. 우리가 살아가야 할 세상에 자신의 헌신을 보여준다. 진달래꽃이 활짝 핀 산길을 걷다 보면 발끝에서부터 서서히 H의 열감이 느껴지기 시작해서 어느새 온몸이 후끈 달아오르는 감정을 느낄 수 있다. 이는 평소 H와 산행을 함께 하면서 그가 내게 보여준 자기희생적 삶의 참 가치를 느끼기 때문일 거라 생각한다. 그는 일상의 모임에서 불을 붙이기 전에 자신을 먼저 태우는 양보와 배려를 우선시하는 존재이다. 별반 말이 없으면서도 타인의 어려운 일은 자기 일처럼 애써주고 무언가 새로운 일에는 자신이 마중물 역할을 하는 것도 주저하지 않는다. 몸과 마음을 다하여 동료를 토닥이던 그의 삶에 대한 자세는 세상을 향한 즐거운 도전이고 자유를 향한 날갯짓으로 보인다.

세상엔 만인만태(萬人萬態)가 존재하듯 봄에 피어나는 꽃 역시 만화만색(萬花萬色)이다. 봄이 아름다운 것은 하나하나 낱개에서 오는 독립적 존재의 미가 아니라 여럿이 어우러지는 조화에서 오는 것이다. 내 인생의 공간에도 서로 잘 어울릴 수 있는 사람이 많이 있으면 좋겠는데 이 나이에 그게 쉬운 일은 아니다. 오히려 P선생님께서 빠진 빈자리가 너무나 큰 아쉬움으로 남는다. 다행히 친구 H가 있어 인생 수채화를 그릴 수 있는 희망의 불씨는 여전히 남아있어 다행이다.

시간이 없다는 것은 한낱 핑계일 뿐, 봄꽃이 지기 전에 그간 소원했던 사람들을 한번 만나서 차라도 한잔 나누어야겠다.

어떤 ─ 인연

  우리는 하루에도 수없이 많은 것과 인연을 맺으며 살아간다. 이러한 인연은 상황에 따라서 선연이 되기도, 악연이 되기도 한다. 그래서 사람들은 이왕이면 좋은 인연을 맺기 위해 노력하고 좋지 않은 인연과는 거리를 두려고 한다. 나 역시 누군가와 관계 형성이 된다면 따뜻한 마음의 소유자와 함께하기를 기대한다. 자칫 잘못된 만남으로 마음에 상처가 남지 않을까 염려해서다.

  지인과 약속이 있어서 승용차로 시내에 나가게 되었다. 시간에 쫓겨 마음은 바쁜데 출구 방향으로 나가는 길이 막히니 좀체 차를 움직일 수가 없다. 정체 시간이 길어지면서 불법으로 끼어드는 차량이 점점 많아졌다. 그러잖아도 갈 길이 아득한데 마음마저 무거워진다. 주변을 살피느라 멈칫하는 사이, 차 한 대가 방향지시등도 켜지 않고 갑자기 끼어들었다. 심하게 짜증이 났지만 감정을 표현할 적당한 방법은 없고, 혼자서 중얼거리다가 상황에 익숙해질 수밖에 없다. 거북이 운행이 계속되는 동안 그와 같은 일은 앞뒤에서 끊임없이 일어났다. 얼마 후 무리하게 끼어들기를 했던 차량 앞으로 다른 차가 들어가려고 했다. 앞차 운전자는 경적을 심하게 울리며 차 간격을 바짝 좁히려다가 그만 접촉 사고를 내고 말았다. 차에서 내린 두 사람은 자신의 잘못을 인정하고 사태를 수습하기는커녕 서로를 탓하느라 지체 상황은 더욱 심해졌다. 화가 난 주변 운전자들의 참견으로 체증은 더 나빠지다가 결국 경찰관이 현장에 도착해서야 사건이 대충 마무리되었다. 다툼의 주역이었던 사람은 사건의 발단이 자기중심적 욕심에서 온 것임에도 스스로 그것을 인정하려 들지 않았다. 모처럼 나선 바깥나들이가 이래저래 엮인 인연으로 씁쓸한 뒷맛을 남겼다.

운전을 하다 보면 상대방 운전자의 습성을 어느 정도 이해할 수 있다. 운전자들은 크게 네 부류로 나눌 수 있다. 자신의 잘못에 대해서는 관대하지만 타인에게는 엄격한 기준을 적용하는 사람, 자신의 잘못에 관대한 것처럼 타인의 잘못을 슬그머니 눈 감아 주는 사람, 자기 스스로 엄격하게 교통 법규를 지키면서 타인에게도 그에 준하는 행동을 요구하는 사람, 자기 스스로 엄격하게 교통 법규를 지키지만 타인에게는 관대한 사람이다. 그러나 대부분의 운전자는 타자를 배려하기보다는 자신의 우선주의에 따라서 타인에게 즉각적이고도 단호한 태도를 보이는 경우가 많다. 이처럼 운전자들이 사소한 일에도 거칠게 반응하는 것은 차량으로 가려진 안면부지의 사람과 공간 이동이라는 속도감에서 더욱 민감하고 도발적으로 반응하기 때문이다. 사람들의 운전 습관과 일상의 생활 습관은 크게 다르지 않다. 그런데도 일상에서는 도로에서와 달리 서로 다투는 일이 많지 않다. 이는 정지된 상태에서 앞뒤를 돌아볼 수 있는 여유가 있어서 이해의 폭이 넓어지기 때문이 아닌가 싶다. 이처럼 우리의 운전 생활도 지나치게 폐쇄적이고 동적인 환경에서 여유를 갖고 세상을 넓게 바라보는 마음으로 운전을 한다면 서로에게 편안한 시간이 될 것 같은데 우리의 운전 생활은 아직 그만큼 성숙하지 못했나 보다. 그래도 우리는 자신과 이웃의 안전을 생각한다면 내가 먼저 양보 운전을 하겠다는 마음으로 운전석에 앉아야 하지 않을까 하는 생각을 해본다.

약속된 장소에서 일을 마치고 이번에는 대출 관련 일을 보기 위해서 은행에 갔다. 창구 안은 많은 사람이 번호표를 뽑고 기다리고 있었는데 대략 두 시간 정도 기다려야 한다고 했다. 하염없이 기다림의 대열에서 앉아 있는데 옆자리에 앉아있던 중년 부인이 외부 전화를 받고서는 급한 일이 생겨서 잠시 밖에 나갔다 와야 하는데 내 번호표와 바꿀 수 있겠느냐고 묻는다. 그 여자가 가지고 있던 번호표는 몇 순번만 돌아가면 바로 일을 볼 수 있을 정도로 빠른 번호였다. 나는 순간, 횡재한 느낌이 들어서 주저 없이 바꿔주었다. 일찍 온 사람들에게는 조금 미안한 마음도 들었지만 그 번호표로 일을 쉽게 마칠 수 있었다. 세상엔 별 인연도 다 있구나 하는 생각이 들었다.

　바쁘게 하루를 마치고 나니 머리가 지끈거린다. 잠시 기분 전환을 위해서 동네 공원에 나갔다. 늘 하던 대로 내가 정해 놓은 자리에 앉아 여유 있게 시간을 보내다 왔다. 아름다운 자연 속에서 마음 둘 자리를 정하고 세상과 하나 되어 있으면 가림막으로 가려 있던 나의 실체가 보이고 본질을 이해하게 된다. 오늘과 같은 날에는, 나 자신 온전치 못하면서 타인에 대해서는 모자람이나 흠결이 없기를 기대했는지 돌이켜본다. 그러면서 예기치 않은 상황에서 잘못된 인연을 맺게 되더라도 다음에는 더 좋은 만남이 되었으면 하는 마음과 그 마음에 열매가 달리기를 기원하고 또 기대해 본다. 내가 정한 고도의 윤리 기준에 타인의 양심이 들어와 함께 어울릴 수 있는 여유를 가져야겠다는 생각도 해본다. 이는 상대의 행동 양식이 조금은 어설프고 불만족스럽더라도 관용과 용기를 발휘하여 이해의 폭을 넓혀가는 삶이 되었으면 하는 바람이기도 하다. 물론 실생활로 돌아와 현장에서 적응하다 보면 이전의 생각은 모두 도망질치고 천박한 대처가 또 다른 아쉬움으로 남기는 하지만 그래도 내 마음을 다독이는 일이 중요한 것은 사실인 것 같다.

출근길에서 만난 — 행복

　머리를 감고서 물기를 말리지 못한 채 집을 나섰다. 젖은 머리 때문인지 공기가 차갑게 느껴졌다. 평소 승용차로 출근하던 길을 오늘은 걷기로 했다. 빛이 어둠을 거두며 새로운 세상을 보여주는 모습이 보고 싶어서였다.

　이른 아침 시간이어서 그런지 사람들의 통행이 뜸했다. 직장까지는 여러 아파트 단지를 지나면서 주변의 많은 것과 마주치게 된다. 나뭇잎에 매달린 이슬방울의 귀여운 눈짓과 만나고 건강한 삶을 꿈꾸며 달리기하는 사람과도 만난다. 새날이 열리는 아침, 그들과의 만남은 내 마음에 여유가 생겨서 좋다.

　아파트 단지 안의 도로를 지나서 산 쪽으로 난 길로 들어섰다. 도로를 따라서 담이 길게 이어져 있다. 담에는 잎 진 덩굴장미가 잠을 자듯 누워 있다. 쌔근거리는 소리가 들리는 듯하다. 단잠을 방해하지 않으려고 한 발 떨어져서 걷는데 바람이 '휙' 소리를 내며 지나갔다. 헝클어진 머리를 가다듬기 위해서 고개를 들었다. 길게 뻗은 담 끝에 빨간색 장미 두 송이가 보였다. 절기로는 입동이 지나고 첫눈까지 내린 이 겨울에 장미라니. 나는 가까이 가서 빨강 장미를 들여다보았다. 마주보고 웃는 모습이 마치 다정한 연인 같고 바람에 흔들리는 꽃잎에선 무희가 연상되었다. 타오르는 듯한 꽃잎의 붉은 색감은 볼륨 있는 여인의 알몸을 보는 듯한 착각에 빠지기도 했다.

"어머! 어쩜 저렇게 예쁜 꽃이 마른 가지에 피었나 글쎄!" 내 등 뒤에서 이런 말이 들려왔다. 나는 잘못을 저지르다 들킨 사람처럼 깜짝 놀라서 뒤를 돌아보았다. 노파 한 분이 화사하게 웃고 있다. 순간 그의 웃는 모습이 담에 핀 장미와 같다고 생각했다. 세월의 무게 앞에서 주눅 들기 쉬운 나이임에도 그림자가 없어 보이는 모습에서 또 다른 아름다움이 풍기고 있었다. 세속을 떠나 사는 사람처럼 보이던 그가 장미꽃을 바라보는 모습은 황혼에 물든 꽃이 이제 세상을 여는 젊은 꽃을 보는 듯했다. 안분지족(安分知足)의 여유라고나 할까.

나는 장미의 끈질긴 생명력과 자연 관조를 통해 성숙한 내면의 세계를 밖으로 표현하는 노파에게서 내 인생 행복했던 시간을 기억해 보고자 했다. 좀처럼 떠오르지 않는다. 오히려 힘들고 고통스러웠던 순간이 생각을 가로막고 나선다. '인생은 고해(苦海)'라더니 내 삶에서 즐거움보다는 힘들었던 일이 더 많았나 보다. 하지만 오늘, 나는 어려운 환경을 극복하고 이루어 낸 두 삶의 모습을 보면서 행복이란 지극히 일상적인 것에서 찾을 수 있음을 알았다. 행복은 남는 것에서 오는 여유라기보다는 아쉬움에서 오는 미적 승화작용이라는 생각이 들기도 했다. 왕성한 대사 작용으로 수백 송이의 꽃을 피우는 일상의 장미에서 느끼지 못했던 신비감을 메마른 가지 위에 피어 있는 장미 두 송이로부터 느낄 수 있었던 것은 그들에게서 빈자(貧者)의 여유를 보았기 때문일 것이다.

직장을 향하는 발걸음이 한결 가벼워졌다. 콧노래가 절로 나온다. 이런 날이면 누가 싫은 소리를 한다 해도 가벼이 보낼 수 있을 것 같다.

홀로 ─ 가는 길

　　나는 가끔 마음 화선지에 인생길을 그려보며 호기심을 갖기도 하고 어떻게 해야 바르게 걸어 갈 수 있을지도 생각해본다. 하지만 그때마다 생각의 짐은 더 무거워지고 의문은 풀리지 않아 답답했는데 어느 날, 불같은 사랑을 나누던 연인이 헤어지고 평생지기를 다짐했던 친구가 소원(疏遠)해지는 등, 마음 아픈 일이 벌어지고 소중했던 사람이 갑자기 세상을 뜨는 것을 보고는 어렴풋하게 사람이 살아가야 할 방향에 대해 헤아려 볼 수 있었다. 우리가 살아가는 인생길, 나는 그 길을 가까운 길, 먼 길, 그리고 보이지 않는 길로 나누어 생각해 보았다.

　　가까운 길은 연인과 함께 가는 길을 말한다. 사랑하는 사람과 같이 가는 길 주변에는 온갖 생명이 살아 숨 쉰다. 먼 별에서 떨어진 선남선녀가 운명적 만남으로 분홍빛 연을 맺고 동화 속 주인공으로 살아가기를 희망한다. 오로라의 찬란한 빛으로 길을 내고 플로라의 화려한 꽃으로 가로수를 만들어 발길 닿는 곳마다 시가 되어 온 세상이 사랑의 선율로 채워진다. 가슴속 깊이 잠들어 있던 사연은 은하강 쪽배에 돛을 달고 꿈의 행성으로 날아간다. 그림자처럼 하나 되어 살아가는 연인의 가슴엔 온종일 열기가 가득하다. 금단의 구역마저 사랑으로 채워지고 요정의 숲에선 큐피드의 화살이 끊임없이 날아든다. 고통의 감각마저 행복으로 채워진다. 티 없이 맑은 하늘 아래 오직 한 사람만 있을 뿐 그 이상은 존재하지 않는다. 밀원이 끝없이 펼쳐지는, 사랑과 평화가 가득한 행복의 나라가 그들의 것이다.

하지만 그들은 서로 다른 선(線)을 통해서 하나가 되었다. 그 만남은 애초부터 둘이었으므로 언제든지 다시 멀어질 수 있는 대각선이라는 의미에 주목해야 한다. 사랑의 감정은 끊임없이 '꿈'과 '욕망'을 좇아 이들을 따라가지만 고뇌와 번민이 남아서 인생길을 가는 데 방해가 될 수 있으므로 경계해야 한다. 만족할 줄 모르는 마음의 결과가 온갖 괴로움을 생성하는 원인이 됨을 알고 현실을 직시해야 한다.

먼 길 떠날 때는 이웃과 더불어 살아가는 방법을 터득해야 한다. 우리가 알지 못하는 세계는 희망과 두려움이 공존한다. 아무

것도 들리지 않을 것 같은 허공에 수많은 소리가 존재하듯 아직 알려지지 않은 먼 길에는 우리가 생각하는 그 이상의 고락(苦樂)이 존재한다. 따라서 우리는 자신이 바라는 일도 중요하지만 가까이 사는 이웃과 동반자적 관계를 유지하는 것이 필요하다. 사람과 사람 사이에는 시간이 흐를수록 은은함이 그 맛과 멋을 더한다. 어떠한 일이 벌어질 것이라는 기대나 예측을 할 수는 없지만 어떤 상황에서도 의연하게 대처할 수 있는 것이 세상 사람의 마음이다. 때로는 불신의 벽에 부딪혀 홀로 되거나 쓸쓸할 수도 있겠지만 그 외로움마저 극복할 수 있는 것이 인정(人情)의 세계다. 먼 길 가로수에는 인내와 이해의 열매가 달려서 희생과 배려의 삶을 깨닫게 한다.

먼 길 가는 사람들은 끊임없이 각자의 선(線)을 추구한다. 그들이 지향하는 궁극의 목표 역시 오래도록 나란하게 가는 것이다. 나란한 두 선은 서로 멀어지거나 가까워지지는 않지만 결코 하나가 될 수는 없다. 따라서 이웃 사람과는 먼 길을 함께 갈 수는 있어도 절대 하나가 될 수 없음을 바로 알고 인생에 대한 깊은 이해와 노력이 필요하다.

보이지 않는 길을 가기 위해서는 홀로서기에 익숙해야 한다. 삶이 다른 것에 매이거나 의존하지 않기 위해서는 자신의 내면세계를 움직여야 한다. 진리는 침묵 속에 존재하지만 고뇌하는 자에 의해 깨어난다고 했다. 선지자들은 정적이 흐르는 가운데서 진리를 찾았고, 진리 속에서 인생의 의미를 밝혔다. 진리는 영혼을 이끌어 가는 희망의 동력이다. 사람이 진리를 발견하고자 한다면 사색의 강에서 마음 괴로움을 말끔히 씻고 온갖 얽매임에서 벗어나야 한다. 잠들어 있는 어둠 속에서 꿈을 꾸듯, 깊은 생각 속에서 진리를 찾아가야 한다. 깨달음은 죽음까지도 두려워하지 않는다. 사람들이 '나는 죽음이 두렵다.'라고 말할 때 이것은 죽음 자체를 무서워하는 것이 아니고 자기에게 소속된 모든 것과 관계를 잃게 되는 것을 무서워하는 것이다. 결국 보이지 않는 길을 혼자서 간다는 얘기는 주위에 대한 집착에서 벗어나 침묵 속에서 들려오는 내면의 소리에 귀를 기울여 청음을 듣는 것이다.

보이지 않는 길에서 추구하는 선(線)은 일직선이다. 이는 비록 외롭고 쓸쓸하더라도 인생의 목표에 정확하게 다다를 수 있는 가장 확실한 선이다. 나이가 들어 언젠가는 받아들여야 할 삶의 마지막이 바로 이 선과 닿아 있음을 안다.

나옹선사는 '공수래공수거라'는 선시(禪詩)를 통해 '홀로 가는 길'의 의미를 정확하게 전하고 있다.

"빈손으로 왔다가 빈손으로 가는 것이 인생인 것을, 태어남은 어디서 오며 죽음은 어디로 가는가? 태어남은 한 조각구름이 일어남이요. 죽음은 한 조각구름이 사라지는 것인데, 뜬구름 자체

는 본래 실체가 없나니 태어남과 죽음도 모두 이와 같다네. 한 물
건이 홀로 있어 항상 홀로 이슬처럼 드러나 담연히 생사를 따르
지 않는구나.”

3장

사랑이
아파요

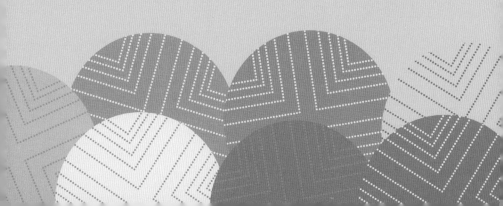

사랑이 — 아파요

　누구나 한번쯤은 이성을 깊이 사랑한 적이 있을 게다. 사랑의 시작은 장엄한 일출과 같아서 눈이 부시도록 아름답다. 사랑이 깊어지면 세상을 바꿀 만한 힘이 생긴다. 사랑의 절정은 두 영혼이 하나 되어 영원을 약속하는 빛나는 순간으로 이어진다. 이때 사랑 감정은 모든 것이 자신의 의지대로 움직여 주기를 기대한다. 그래서 '너는 내 사랑', '나는 너의 사랑'으로 절대적 신뢰를 보이다가 어느 단계에선 '너는 나의 것', '나는 너의 것'으로 소유를 말하기도 한다. 이렇듯 사랑은 상대의 정신과 육체까지도 자기의 것으로 만들고 싶어 한다. 하지만 사랑은 실체가 없다. 그래서 어떤 이는 사랑은 그리움의 꿈을 꾸는 것이라고 했다.

　장맛비가 추적추적 내리던 날 오후, 일과를 마치고 퇴근 준비를 하면서 잠시 교실에 들렀다. 의례적으로 문단속을 확인하기 위해서였다. 교실 문을 여는 순간 나는 깜짝 놀랐다. 아무도 없을 거라 생각했던 교실에 누군가 책상에 엎드려 있는 것을 보았기 때문이다. 나는 마음을 추스르고 학생 곁으로 가서 그를 흔들어 깨웠다. 그는 꼼짝하지 않고 본래의 자세를 유지하고 있었지만 어깨가 들썩이는 걸로 보아 울고 있음을 알 수 있었다. 나는 한참 만에 고개를 든 그를 데리고 학교 앞 식당으로 갔다.

식당에서도 그는 우울한 모습으로 말이 없었다. 식사를 마치고 차를 한 잔 마시면서 "무슨 일 있니?" 하고 물으니 그는 대답 대신 고개만 끄덕였다. 찻잔에 남아있던 물기가 마를 즈음 그가 한마디 했다. "선생님, 아파요." 나는 그가 어디가 아픈지 말은 안 했지만 금세 예감할 수 있었다. 그러면서 그간의 일에 대해 말문을 열었다. 좋아하던 남학생이 있었는데 갑자기 자신을 피한다고 했다. 그렇게 자주 전하던 문자도 눈에 띄게 줄었고 만나자고 연락해도 이런저런 핑계를 대며 만나 주지 않는다는 것이다. 한때 그를 향했던 좋은 감정은 세상 모든 것을 잃더라도 오직 한 사람으로 채워질 것 같았는데 지금은 세상 모든 것을 가진다 해도 한 사람을 잃으면 아무것도 가질 수 없는 허망한 삶이 될 거라며 안타까워했다. 나는 어린 가슴에 이렇게 깊은 사랑의 못[池]이 있을 거라고는 상상하지 못했지만 우선 마음을 안정시키기 위해서 노력했다.

어릴 적 나는 시골의 작은 농촌마을에서 살았다. 어느 해 식목일, 감나무 묘목 한 그루를 집 빈터에 심었다. 감나무는 튼실하게 자라서 묘목을 심은 지 4년째 되던 해 감 세 개가 열렸다. 가을빛에 빨갛게 익어가는 감을 볼 때면 내 마음은 오묘한 자연의 기운과 합일되고 철학자의 고뇌 속에 반짝이는 철리를 이해하듯 사색에 잠겨 꿈을 꾸곤 했다.

아름다운 꿈은 인간 생명의 원기(元氣)이며 삶의 창조에너지이다. 꿈은 원하는 대로 가질 수는 없지만 누릴 수는 있다. 그래서 사람들은 아름다운 꿈을 지니기를 원하며 그 꿈을 키우기 위해서 노력한다. 꿈이 있는 사람은 미래를 내 안에 두고 살기 때문에 미래에 대한 두려움 또한 없다. 내가 꿈을 향해 달리다 보면 꿈은 어느새 내 안에서 나와 함께 하고 있음을 안다. 물론 꿈이 현실이 아님은 누구나 아는 바이지만 오랫동안 이 꿈에서 깨지 않기를 바라는 것은 꿈이 희망과 연결되어 있기 때문이다.

하루는 학교에서 돌아와 허기진 배를 채우기 위해서 찬장 이곳저곳을 살펴보았지만 먹을 만한 게 없었다. 엄마도 어디 가셨는지 보이지 않았다. 나는 몹시 배가 고픈 상태에서 여기저기 돌아다니다가 어느 순간 감나무 아래에 서있었다. 잘 익은 감은 내 마음을 꿰뚫어 보았는지 불안한 눈빛으로 나를 바라보고 있었다. 하지만 나는 그의 진정(眞情)을 무시하고 주린 배부터 채웠다. 다음날 아침, 나는 여느 때와 마찬가지로 자리에서 일어나 감나무를 바라보았다. 감나무는 예전과 다름없이 그 자리에 서 있었지만 볼웃음으로 반겨주던 단과(丹果)는 더 이상 그곳에 있지 않았다. 순간의 배고픔을 채우기 위해 선택했던 소유사랑은 아름답고 소중했던 존재사랑을 잃게 하였다.

남녀 간의 사랑은 시간이 흐르면서 절대로 어느 한쪽 것이 될 수 없음을 안다. 두 사람 사이에 형성되었던 '우리는 영원히 하나'라는 사랑 공식도 점차 소원해지고 사랑 감정 또한 시들해 짐을 알 수 있다. 사랑이 냉정으로 돌아갔을 때는 그간의 감정이 얼마나 어이없고 허무했던가를 깨닫게 된다. 내 것이라고 굳게 믿었던 것이 어느 날 내 것이 아님을 알게 된 순간 자신은 얼마나 많은 시간을 허상 속에서 보냈는가에 대한 자괴감마저 들것이다. 결국 사랑은 내가 누군가에게 소유되고, 누군가를 내 소유로 만들 수 있는 것이 아니다. 흐르는 물과 같이 세상의 모든 것과 교감을 이루되, 어느 한 감정에 치우치지 않고 한번 맺은 연(緣)을 소중하게 여겨 오래도록 이어가는 동반자적 관계처럼 사랑은 존재하는 것이다.

영업 종료 시간이 되어서야 우리는 식당에서 일어났다. 그의 표정은 상당히 밝았다. 1년여의 시간이 흐른 뒤 나는 그로부터 전자우편 한 통을 받았다. 메일 속에는 '거미와 이슬의 사랑 이야기'가 적혀 있었다.

"깊은 숲속에 거미 한 마리가 살고 있었다. 거미는 오랫동안 친구가 없어서 외롭게 지냈다. 어느 날 아침, 거미가 잠에서 깨어 거미줄을 보니 물방울 하나가 매달려 있었다. 거미가 물방울에 누구냐고 물으니 '이슬'이라고 대답했다. 거미는 이슬에 서로 좋은 친구가 되자고 했다. 이슬은 잠시 생각하다가 '좋아! 하지만 조건이 하나 있어, 나를 절대로 만지면 안 돼!' 하고 말했다. 거미는 이슬이 한 얘기를 지키겠다며 다짐하고 좋은 만남으로 이어지기를 희망했다.

세월이 흘러 거미는 이슬이 없는 생활은 상상조차 할 수 없었다. 어느 날 거미는 이슬을 만지고 싶었다. 거미는 이슬에게 '나, 너 만져보고 싶은데.' 하고 말하자 이슬은 슬픈 표정을 지으며 '너, 나를 많이 사랑하는구나.' 그럼 나에게 한 가지 약속해, 내가 없어도 슬퍼하지 않고 살아갈 수 있다고. 거미는 말했다. '응!' 거미가 두 손으로 이슬을 꼭 껴안는 순간, 이슬은 사라졌다."

사람들은 무엇인가 소유하려는 욕심 때문에 오히려 많은 것을 잃는다. 사랑 역시 어떤 대가나 보상을 전제로 한다면 진정한 사랑은 얻지 못할 것이다. 사랑은 소유가 아닌 존재이므로 그렇다. 또한 사랑은 물질이 아니기 때문에 세상 어디에도 그것을 붙잡아 둘 끈이 없다. 따라서 진정한 사랑은 어느 한 가지 것에 집착하여 스스로 유한의 틀에 갇히기 보다는 끊임없이 세상과 나를 바라보며 외연을 확대하고 진실의 토대 위에 자기의 틀을 만들어 가야지 싶다.

카페 — 정담(情談)

    K는 글을 머리로 쓰지 않고 온몸으로 쓰는 작가로 정평이 나 있다. 그는 삶의 현장 곳곳을 누비며 그곳에서 감동적인 글감을 뽑는다. 그러나 그가 열정적인 작가가 되기까지는 지극히 어려운 시간을 보내야 했다. 그는 지방 명문여고를 졸업하고 곧바로 공무원으로 사회생활을 시작했다. 20대 후반에는 같은 또래의 남자를 만나 결혼했지만 행복은 잠시, 남편은 다른 여자를 만나 하루가 멀다고 집을 비웠으며 적반하장으로 아내에게 폭언과 폭력을 일삼았다. 심지어 불공을 드리는 절까지 찾아와서 소란을 피우기도 했다. K는 세상살이가 너무 힘들어서 하루에도 몇 번씩 삶을 포기하고 싶은 충동을 느꼈다.

    절망적인 상태에서 희망의 불씨를 보게 된 것은 수필가 B선생을 만나면서였다. 그는 곧바로 문화센터에 등록하여 글쓰기 공부를 시작했다. 글을 쓰는 시간만큼은 어떤 것에도 구속 받지 않고 자신만의 일에 몰입할 수 있었다. 누구에게도 말할 수 없었던 자신만의 생각을 오롯이 풀어놓을 수 있다는 점에서 무한 자유를 느꼈다. 글 쓰는 시간이야말로 세상에서 가장 진실한 순간이었음을 고백한다. 시간이 흘러 그는 문단에 등단하였으며 일곱 권의 책도 출간하였다. 그러는 동안 자신의 아픔을 자연스레 치유 받을 수 있었고 새로운 삶에 대한 애착을 강하게 느끼기 시작했다.

J는 옷을 수습하여 입은 모양새가 단정하고 행동거지가 교과서와 같은 사람이다. 그가 말할 때면 아주 조용조용 얘기를 하기 때문에 사람들은 그에게 '별님의 소리'라는 애칭을 붙여 주기도 했다. 그는 항상 웃는 모습이었고 가족 관계 또한 화목하여 활기가 넘쳤다. 주변 사람들은 그를 두고 행복을 쥐고 태어난 사람이라고 말했다. 그 사람 앞에는 어떤 장애물도 없어 보였다. 그러던 그가 자신의 지난 이야기를 하면서 하염없이 눈물을 흘렸다. 30대 초반 소심한 성격은 심한 우울감에 빠지고 시간이 흐르면서 병명도 모르는 병과 싸워야 했다. 어느 때는 세상 단절에서 오는 고립감을 극복하지 못하고 깊은 좌절감에 빠지기도 했다. 병은 점점 더 깊어갔고 미래에 대한 작은 희망마저 보이지 않았다. 그러던 어느 날 친구 소개로 문화센터에 등록하여 글을 쓰기 시작하면서 새로운 삶을 찾아가고 있었다.

온 산은 밤하늘에 쏘아 올린 불꽃처럼 형형색색, 가을 색으로 물들었다. 평소 허물없이 지내던 글벗 셋이서 드라이브 겸 회포를 풀기 위해서 중미산에 다녀왔다. 우리는 커피 향이 은은하게 풍기는 산속 작은 카페에서 차를 마시며 정담을 나누었다. 일상의 자질구레한 일에서 삶의 다양한 부분에 이르기까지 꽤 깊은 대화가 이어졌다. 특히 지난 삶에 대한 이야기를 주고받을 때는 숙연한 분위기에 젖기도 했다. 이야기를 주도적으로 이끌어 간 사람은 K와 J였는데 두 사람은 어려움을 극복한 공통인자를 가지고 있었다.

살다 보면 크고 작은 일에 부딪혀 힘든 생활을 하는 경우가 종종 있다. 하지만 어떤 이는 절박한 상황에서 더욱 강해지는가 하면, 어떤 이는 작은 일에도 쉽게 포기한다. K와 J는 일상의 문제점은 서로 달랐지만 난관을 극복하는 과정에서 더 강해졌음을 알 수 있다. 문제 발생 초기에는 어려움에 적절히 대응하지 못하고 힘든 시간을 보낸 적도 있지만 적절한 시점에서 해결책을 마련하여 정상생활을 할 수 있었으니 정말 다행이지 싶다.

카페의 두 여인이 미래를 보지 못하고 현실에만 급급했다면 그들의 아픔은 쉽게 치유되지 않았을 것이다. 그들은 세상과의 절박한 관계 속에서도 진정한 깨달음이 무엇인지를 좇으며 앎의 세계를 넘어 자신의 영혼을 깨우는 일에 최선을 다했기에 곤궁한 상황에서 빠져나올 수 있었다. 자신을 옥죄고 있던 생활의 울타리를 과감하게 떨쳐버리고 그것으로부터 자유로워지고자 하는 노력이 있었기에 새로운 삶에 도전할 수 있었던 것이다.

　창밖으로 어둠이 내리고 주뼛이 솟은 가로등에 불빛이 하나둘 들어올 무렵, 단풍잎 하나가 너울춤을 추며 숲 사이로 날아오른다. 그의 날갯짓은 분노와 고통에서 벗어나려는 열망으로 가득해 보였다. 평생을 타자의 한 부분으로 얹혀살다가 단 한 번의 몸짓으로 본래의 자신을 찾아가는 인생역정을 보는 듯했다. 그의 춤놀이는 짧은 시간 막을 내렸지만 잔디밭 위에 사뿐히 내려앉은 모습에서는 영락없이 큰 뜻을 이룬 사람의 자유로운 영혼을 보는 것 같았다. 이심전심의 감이 아닐까 하는 생각을 하며 우리는 자리에서 일어났다.

가녘의 — 멋

　정월 초하루, 일출을 보기 위해서 봉길해수욕장에 갔다. 어둑새벽 위로 희미하게 빛이 밝아오면서 대왕암의 모습이 드러나고 눈으로 볼 수 있는 거리가 점점 넓어지는 순간, 누가 먼저라 할 것 없이 함성이 쏟아진다. 바다 끝에서 신비의 생명이 솟아올랐다. 현장에 있던 많은 사람이 수평선 너머에서 떠오르는 일출의 장엄함 속으로 빨려 들어갔다. 얼마간 침묵이 흐른 뒤 사람들이 하나둘 해변에서 빠져나가기 시작했다. 나는 관광객이 떠난 자리를 천천히 걸었다. 육지의 시작이며 바다의 시작이고, 육지의 끝이며 바다의 끝이기도 한 해변에서 아직 가시지 않은 일출의 여운을 즐기기 위해서였다. 나는 걷는 동안 세상의 아름다운 빛이 왜 저리도 멀리 떨어진 끝자리에서 솟아오르는지, 사람들은 왜 자신이 갈 수 없는 곳에서 발하는 외계의 색에 빠져드는지 곰곰 생각에 잠겨 가녘의 순례를 이어갔다.

　내 인생 버킷리스트 중에는 '뉴질랜드 카와라우강 번지점프 해 보기.'가 있다. 50대 중반, 현지 여행 중에 그 꿈을 이루나 싶었는 데 주위 사람의 만류로 실천에 옮기지는 못했다. 그러나 꿈 자체 를 완전히 포기한 것은 아니었다. 언젠가는 꼭 한번 해보고 싶었 다. 결국, 퇴임 후 문학동인 후배들과 청풍랜드 번지점프대에서 그 뜻을 이루었다. 번지점프를 하기 전에는, 두려움의 가장자리에 서는 어떤 생각을 하게 될까? 도스토옙스키는 사형장에서 그에게 주어진 최후의 5분을 옆 사람과 마지막 인사를 하는데 2분, 지나 온 삶을 돌이켜 생각해 보는 데 2분, 자연을 둘러보는 데 1분을 쓰 기로 했다는데 나는 그렇게 절박한 상황은 아니더라도 긴장된 순 간에 몸과 마음이 어떻게 반응할까? 궁금한 게 많았는데 막상 점프를 마치고 나니 마음 졸였던 시간은 바로 잊히고 인생탑 위 에 믿음이라는 추억 하나 더 얹어 놓은 기분이었다. 번지점프대 에 섰을 때의 긴장감과 뛰어내릴 때의 스릴 그리고 안전줄에 걸리 는 느낌으로부터 '아, 이제는 살았구나' 하는 안도감은 번지점프 시설에 대한 안전한 믿음이 있었기에 가능했다. 믿음은 두려움에 망설이던 나를 긍정의 힘으로 바꾸었고 실행을 위한 단초가 되었 다. 믿음은 바라는 것의 실상이고 보이지 않는 것에 대한 증거임 을 확인할 수 있었다.

　평소 가까이 지내던 K가 중병으로 입원했다. 발병 초기 문병을

갔을 때 그는 당황한 기색이 역력했다. 그럼에도 항암 치료와 민간요법 등 다양한 방법을 찾아 병에서 벗어나고자 노력 했다. 퇴원 이후로 몇 차례 더 만나다 보니 "이제는 병과 더불어 살아야지." 하면서 그간 알지 못했던 인생 공부를 한다며 여유를 찾는 듯했다. 하지만 죽음 앞에 선 자의 마음은 시시로 변할 수밖에. 몸 상태가 조금 좋아지면 밝은 표정을 짓다가도 조금 나빠지면 금세 심각해지기를 반복했다. 간간이 삶과 죽음의 벼랑에서 자신이 느낀 점을 토로할 때는 보기에 딱하고 안타까운 마음에 가슴이 먹먹해지기도 했다. 병세는 더욱 나쁜 쪽으로 기울고 기력이 눈에 띄게 떨어지면서 마음도 많이 약해지고 있었다. 매 순간 삶에 대한 애착을 보이면서도 순간순간 모든 걸 놓으려는 마음도 읽을 수 있었다. 봄볕이 대지를 따뜻하게 데워주던 날, 그는 들릴 듯 말 듯 나직한 목소리로 자신의 생각을 정리하는 듯했다.

"이제 편안하게 갈 수 있네. 진리로부터 믿음을 얻었으니…."

그의 엷은 미소는 이미 생과 사의 경계를 넘어선 듯 대자유의 경지를 느끼게 했고 진정은 조금도 의심할 여지가 없었다. 그런 그의 모습을 보면서 나는 연민의 정보다는 평화를 위한 기도가 더 필요할 것 같아서 마음 기도를 올렸다. 인생의 서녘 하늘에서 자연과 인간의 관계는 물론 죽음에 관한 깊은 사색을 거쳐 순리에 적응해 가는 그의 표정은 이미 현자(賢者)의 모습이었다. 누구나 죽음에 임박해서는 세속적인 상식에 구애되지 않는다는 사실을 문득 알게 되었다.

'가장자리'는 둘레나 끝에 해당되는 부분을 말한다. 중심으로부터 비켜선 바깥 테두리를 의미하며 외곽 또는 변두리라고도 한다. 상황에 따라서는 사람이나 물체가 차지하고 있는 공간의 끝자리와 관련지을 수 있고 삶의 가장자리, 인생의 가장자리처럼 마음자리를 표현하는 의미로도 쓰인다. 사람들은 이러한 가장자리의 현상이나 가치를 생각해서인지 그곳에 서는 것을 썩 내켜 하지는 않는다. 어떤 경우에는 세간으로부터 멀어졌다는 생각에 그곳에서 벗어나고자 하는 조바심을 내기도 한다. 하지만 우리네 삶은 매 순간이 만남과 이별의 관계 속에서 이루어지며 그 관계의 시작과 끝이 바로 가장자리이기 때문에 무작정 피한다고 문제가 해결되는 것은 아니다.

인생의 끝자리에 선다는 것은 결결이 불안과 두려움이 있기는 하나 현실을 직시하고 미래를 계획하며 꾸준히 중심자리를 지향하며 살아갈 때 진정한 나를 만나고 본질에 가까이 가게 되는 계기가 되지 않을까 싶다. 그래서 어떤 이들은 현실의 안락함을 포기하고 인생의 가장자리로 다가가기를 자처하는 사람도 있다. 새로운 세상에 대한 갈망과 열정으로 초현실적 세상을 열어가고자 하는 사람들이나 깊은 영적 체험을 위해 고행을 결심한 수도자들이 그러하다. 그들은 세상 중심에서 오는 안정적 삶의 여유보다는 극한의 고통 속에서 겸손함을 알게 되고 지난한 삶의 항로에서 인내와 희생의 가치를 느끼며 삶의 근본을 깨우치려 한다. 이처럼 세상 끝에 살면서도 세상 중심의 일을 먼저 깨달은 사람들은 수난과 고통을 이기는 방법으로 오히려 세상의 가장자리에, 인생의 가장자리에 서기를 주저하지 않는다. 내가 나를 있는 그대로 바로 볼 수 있다는 것은 진실에, 진리에 조금 더 가까워졌음이리라. 인간 공동체에서도 삶의 가장자리가 튼실할 때 중심이 바로 서고 흔들림 없이 건강한 성장을 하게 됨은 당연한 이치다. 그런 의미에서 가장자리는 과거·현재·미래가 자유로이 드나들 수 있는 사립문이라 할 수 있겠다.

하늘빛이 한없이 푸르던 날, 바다는 연한 파랑과 어울려 평화의 기운이 가득하고 뱃길 도우미를 자청한 갈매기는 끼룩끼룩 저희만의 언어로 우리를 환영한다. 여객선이 여수 신기항을 출발하여 금오도 여천항까지 가는 동안, 다도해의 올망졸망한 섬 사이로 해가 저물고 있다. 뱃길에서 열린 오감은 어떤 의미를 부여받지는 않았지만 있는 그대로를 이해하고 평화로움을 만끽했다. 가끔 행복이란, 노력만으로 만들어지는 것은 아닐 거라고 생각한 적이 있는데 깊은 감동이 마음속으로 전해지는 순간이다. 이번 나들이는 K의 49재를 의미 있게 보냈으면 좋겠다는 후배의 제안으로 평소 K가 좋아했던 바다 위에서 멋진 작별을 하기로 했는데 막상 바다 위에서 느낀 감정은 헤어짐이 아닌 새로운 세상과 만남을 축하하는 자리가 되었다. 우주 만물은 반드시 생과 멸이 있다. 그리고 생멸은 서로 멀리 있지 않다. 두 팔을 벌려 한쪽 팔에 걸리는 것은 생이고 다른 팔에 걸리는 것은 멸이 아닐까.

생전, 진리로부터 안전을 확인했으니 마음 편하게 떠날 수 있다고 말을 한 K가 바다 끝으로 서서히 빨려 들어간다. 어둠이 지나면 반드시 빛이 올 거라는 믿음은 그가 진리에 의해서 거듭 새롭게 태어나고 있음을 상징적으로 드러낸 약속이었다.

웃음이 담긴 ― 얼굴

살품을 파고드는 소소리바람이 옷깃을 여미게 하고 하늘 막아선 구름 가장자리로 고개 내민 엷은 햇살이 웃음 짓던 날, 초등학교 동창 B에게서 전화가 왔다. 그와 나 사이엔 얼추 50년도 넘게 시간이 흐른 것 같은데, 오랜만에 들어 본 목소리가 무척 반가웠다. 일주일쯤 지나서 그와 만나기로 한 약속 장소에 나갔다. 정한 시간이 한참 지났는데도 그가 보이지 않아 전화를 해보니 한 자리 건넌 자리에서 그가 전화를 받는다. 나는 깜짝 놀랐다. 내 기억 속에 남아있던 그의 모습은 어디에서도 찾아보기 어려웠다. 그 역시 나의 전화를 받고서야 나를 알아볼 수 있었으니 그간 서로 얼마나 소원(疏遠)하게 지냈는지 이해가 간다. 우리는 어린 시절로 돌아가 많은 얘기를 나누었다. 하지만 시간이 흐를수록 궁금한 점도 쌓여갔다. 어릴 적 그는 굉장히 밝은 성격으로 얼굴엔 웃음이 가득해서 주변에는 늘 많은 친구가 있었는데 이번에 만난 그는 대화 내내 감정의 변화가 없고 웃음도, 말수도 많이 줄어든 걸 느꼈다.

그와 헤어지고서 집으로 돌아온 나는 오래된 사진첩을 꺼내 한 장 한 장 넘겨보다가 웃음이 가득 담긴 사진 앞에서 잠시 시선이 멈췄다. 지난날의 내 모습과 현재의 내가 너무나 달라 있었다. 싱싱한 기운이 가득했던 그때와, 늙어 보이는 기색이 역력한 지금을 단순 비교할 수는 없겠으나 웃음기 잃은 얼굴에 수심이 가득한 현재의 모습을 바라보는 일은 여간 당혹스런 일이 아니었다. 꼭 다른 사람의 얼굴을 보는 것 같아서 사진을 보는 동안 몇 차례 멈칫거리기도 했다. 사람은 살아가면서 여러 번 얼굴 모습이 변한다고 하지만 변해도 너무 변해 있었다. 굳이 변명을 하자면 나이 들어가면서 생긴 여유, 노련함이라고나 할까.

언젠가 직장에서 가까이 지내던 사람이 나를 보고 야무지다고 말한 적이 있다. 하지만 정작 그 말을 내 입장에서 생각해 보면 썩 좋은 표현은 아닌 것 같다. 직장에서 일 처리나 언행이 옹골차고 분명한 것은 바람직하나 일상에서 야물게 산다는 것은 세상과 나, 나와 나 사이에 보이지 않는 섬이 만들어질 수 있기 때문이다. 물론 내가 웃음을 잘 짓지 않는다고 해서 상대의 웃음까지 싫어하는 것은 아니다. 웃음이 가득 담긴 사람의 얼굴을 보면 마음이 훈훈해지고 넉넉해진다. 그러면서 나도 저렇게 살고 싶다는 생각이 들기도 한다. 하지만 현실 생활에서는 뿌리 깊게 자리 잡은 일상의 습관 때문인지 생각대로 되지 않을 뿐이다.

내가 살아오는 동안 결코 잊을 수 없는 웃음 추억이 있다.

안나푸르나 트레킹 중, 눈에 별이 들어 있는 아이를 보았다. 수일 째 발가락 통증과 소화기 계통 이상으로 고생하며 산길을 걷고 있었는데 앞에서 어린아이를 업은 젊은 여인이 걸어오고 있었다. 나는 그들에게 길을 터주기 위해서 한 발짝 산 쪽으로 자리를 옮겼다. 여인은 화사하게 웃으며 '나마스떼[안녕하세요]'하고 인사를 한다. 나는 엉겁결에 인사를 받고 초점 잃은 눈으로 그들을 바라보고 있는데 이번에는 등에 업혀있던 아이가 비스킷 하나를 물고 있다가 방그레 웃으면서 그 반쪽을 내게 전해 주었다. 나는 순간 얼음이 되었다. 나는 네팔에 도착해서부터 경제력이 뒤떨어진 네팔 사람들의 생활환경을 보고는 줄곧 불쌍하고 가련하게 여기는 마음이 들었는데 아주 짧은 시간, 현실은 동정도 연민도 아닌 아이의 모습에서 삶의 기준을 삼으라는 메시지가 머릿속에서 번득였기 때문이다. 그때부터 나는 감성의 고리를 끊고 현실을 직시하면서 목적지에 무사히 도착할 수 있었다. 어린아이의 말간 눈빛에서 전해지던 별빛 같은 웃음을 결코 잊을 수 없다.

우리 동네 트래킹 코스 중간에 절이 하나 있는데 절 입구에 포대화상의 석불이 있다. 포대화상은 중국 당나라 때 스님으로 많은 사람으로부터 존경을 받던 인물이다. 돌부처 배 부위에는 때가 까맣게 묻어있다. 오가는 사람이 한번씩 쓰다듬다보니 그렇게 된 것 같다. 나도 어느 날 포대화상의 배를 손으로 쓸어 만지며 마음의 평화를 빌고 있는데 포대화상은 나의 행동이 우스웠던지 온 얼굴에 큰 웃음을 지었다. 나는 포대화상을 웃게 했다는 생각에 민망해서 피식 웃다가 온 적이 있다. 하지만 나도 누군가를 웃길 수 있구나 하고 생각하니 마음에 여유가 생겼다. 더욱이 천하의 포대화상을 내가 웃겼으니 앞으로는 어떤 대상이라도 웃길 수 있다는 자신감도 생겼다. 항상 웃는 모습으로 뭇 사람에게 행복을 전한 포대화상은 어느 것에도 막힘이 없는 자유인이었다.

우리 안에 있는 마음 작용이 어떻게 변하느냐에 따라서 얼굴 모습은 그에 맞춰 변한다. 삶에 찌들어 살 때와 여유를 가진 때의 모습이 다르고 병으로 괴로움 중에 있을 때와 건강한 때가 다르다. 사랑할 때와 이별할 때의 모습이 다르고 탐욕스런 마음이 들 때와 나누려는 마음이 들 때의 모습이 다르다. 이처럼 우리의 얼굴은 나도 모르는 사이에 시시때때로 변해 감을 알 수 있다. 내 안의 삶이 어떻게 진행되느냐에 따라서 행동이 변하게 되고 그 행동은 우리의 표정을 결정짓게 됨을 알게 된다.

사진첩 속에 있는 얼굴을 한참 동안 바라보다가 현실 속 거울을 보니 그곳엔 낯선 얼굴이 설핏 웃음을 짓는다. 아리송하기는 했지만 웃는 모습이 조금은 살아있는 것 같아서 위로를 받을 수 있었다. 주름을 타고 흘러내리는 웃음 위로 기억에 남아있던 예전의 웃음도 덩달아 움직인다.

쁘잉 — 쁘잉

교직 정년, 3년여를 남기고 남자고등학교에서 여자고등학교로 자리를 옮기게 되었다. 정년이 얼마 남지 않은 상황에서 전보 소식을 전해 듣고는 만감이 교차했다. 하지만 곧 평상심을 찾기 위해 노력했다. 우선 앞으로 남은 교직 생활을 어떻게 보낼 것인가에 초점을 맞추고 그 안에서 답을 찾기로 했다. 새 학교에 출근하기까지 많은 생각을 정리했다. 교생실습 기간, 긴장 속에서도 학교생활을 즐겁게 할 수 있었던 것처럼 기대가 컸다. 출근 당일에는 발걸음이 아주 가벼웠다. 자신감이 충만한 상태에서 직장에 나갔다. 하지만 나는 첫 수업을 마치기도 전에 심리적 공황 속에 빠졌다.

첫 수업은 1학년 학생들이었는데 이들은 수업시간에 화장이나 빗질, 휴대전화를 이용한 문자 송수신에 매달렸다. 뒤를 돌아보며 수다를 떠는 학생은 그나마 다행이었고 지적받은 학생은 거의 반사적으로 불쾌감을 드러냈다. 그래도 나는 주의를 환기시켜 수업을 이어가려고 노력했다. 하지만 지적 사항이 많다 보니 전체적으로 수업 리듬이 깨지고 몇몇 조용한 아이들까지 수업에 힘을 싣지 못하는 상황이 되었다. 한 시간이 지루하게 흐르고 교무실로 돌아온 나는 무엇이 문제인지 곰곰이 생각했다. '학생들의 수준에 내가 못 미치는 것일까. 아니면 내 강의 수준에 학생들이 따르지 못하는 것일까.' 아무리 생각해도 대책은 떠오르지 않고, 어느 순간에는 아이들이 야속하기까지 했다.

80년대 초, 나는 교직에 첫발을 디디면서 연기자와 같은 선생님이 될 것인지, 연출가와 같은 선생님이 될 것인지를 놓고 고민한 적이 있다. 연기자와 같은 선생님은 학생들의 감성적 사고를 살려 교육효과를 높일 수 있을 거라 생각했고 연출자와 같은 선생님은 창의성 인자를 자극하여 꿈을 키우고 도전을 두려워하지 않는 인재를 양성하는데 마중물 역할을 할 수 있을 것으로 생각했다. 결국 나는 주어진 대사에 충실하는 배우와 같은 선생님보다는 무한한 상상력을 현실에 접목해서 삶의 본질을 변화시킬 줄 아는 연출가와 같은 선생님이 되기로 했다.

교직 생활 초기 나는 학생들에게 위엄을 갖추고 늘 바른말과 행동을 하도록 가르쳤다. 학교생활에서 잘못이 발견되었을 때는 가차 없이 주의를 주었다. 아이들을 이해시키기 위해서는 설득이 우선이었지만 지시에 불응하는 학생들에게는 심한 꾸지람도 서슴지 않았다. 나의 최고 무기는 학생들을 순종적으로 따르게 하는 절대 권위에 있었다. 나의 행동에 아이들은 서서히 배우가 되어가고 있었다. 나는 학생들의 이러한 태도에 만족하며 교육연출가로서 강한 자존감을 느꼈다. 나의 교육방법은 학교를 옮기기 전까지 계속되었다.

늦추위가 봄날을 시샘하듯 날 선 바람이 교정에 몰아치던 날, 쉬는 시간에 조회 불참 학생을 교무실로 불렀다. 그 학생은 얘기가 시작되기도 전에 불쾌한 반응을 보이면서 나를 똑바로 쳐다보고 있었다. 사정이 있어서 늦었는데 그깟 일로 불렀다는 표정이다. 대화 중에는 계속해서 볼멘소리로 대답을 하거나 아예 내 말을 무시하기도 했다. 나는 몹시 화가 났지만 아직은 때가 아님을 알고 그를 돌려보냈다. 속으로 끙끙 앓다가 퇴근했다. 귀가 후에도 학생의 불손한 태도에 대한 생각은 쉽게 지워지지 않았다. 다음날 출근길에서도 이 녀석을 어떻게 혼내 줄 것인지 고민하며 이런저런 생각을 했다. 교문 들어서기가 낯설었다. 고개를 반쯤 숙이고 한발 한발 힘없이 걷고 있는데 뒤에서 누군가 '선생님'하고 부르는 소리가 들렸다. 뒤를 돌아다 본 나는 참으로 어이없는 일에 한동안 말을 잇지 못했다. 어제 그 학생이 애교스런 동작을 취하며 나를 향해 달려오고 있었다. 가까이 다가와서는 양손을 볼에 대고 '쁘잉 쁘잉' 한다. 나는 얼떨결에 손을 들어 답례했지만 어색한 행동은 한동안 계속해서 이어졌다. 내가 밤새 애태우며 찾으려 했던 답을 그 학생은 아는지 모르는지 몸짓 하나로 풀어내고 있었다.

저녁 시간, 교정은 쓸쓸히 비어갔지만 나는 퇴근 시간을 미루고 지금까지 내가 주장해 왔던 교사 역할론에 대해 다른 각도에서 살펴보기로 했다. 한동안 시간이 흐르고 나서야 교사는 연출가요, 학생은 배우라는 단순 논리에서 교사는 시나리오를 맡고 학생은 연출과 배우를 겸할 수 있도록 지도하는 것이 바람직한 교육자상이 아닐까 하는 생각을 했다. 교육 연출가의 지나친 간섭은 학생들의 창의성을 무시하고 피동적 움직임을 키워 인성 발전을 저해하는 요소가 되었음을 알았다. 그러기 위해서는 우선 내가 가지고 있던 강한 이미지의 교육적 무기를 버리기로 했다. 지시적이었던 언행은 타협과 이해로 사고의 폭을 넓게 인정하고 위엄을 강조했던 행동은 좀 더 부드럽게 앞장서서 실천하려고 노력하는 것이 좋을 것 같았다. 평범한 일에는 감성을 불어넣어 감동을 끌어내고 특별한 일에는 지혜와 이성으로 여유를 가지게끔 하는 것이 필요할 것 같았다. 우리 학교는 특성화고등학교로 학생 대부분이 아르바이트를 하면서 정부 지원금으로 학교에 다니고 있다.

퇴근길 발걸음이 가벼워졌다. 마주쳐 지나는 사람들의 미소가 마치 석양에 분홍빛으로 물들어가는 구름과 같다. 파란 하늘을 배경으로 살아가되 어느 것에도 두려워하지 않고 자신의 존재감을 맘껏 드러내는 뭉게구름처럼 천방지축 아이들의 행동이 내 교육적 소신을 조금 가린다 해서 그것이 곧 가림막이 아니라 새로운 세상을 열기 위한 준비 작업이라는 것을 이제야 조금 이해할 것 같다.

잠신이의 — 변신

"청춘을 돌려다오."

어둠이 짙게 내린 밤 시간, TV를 보고 있는데 어느 낯익은 가수가 호소력 짙은 목소리로 시청자를 사로잡고 있었다. 나는 나도 모르게 노랫말을 따라 부르다 잠시 지난 세월의 한 허리를 붙잡고 있었다. 인생 지천명의 문턱까지는 불과 몇 발짝 남지 않았는데 아직도 아쉬움이 많은 것은 지난 삶에 대한 회한이 곳곳에 남아 있음이리라. 그럼에도 누군가 청춘을 돌려준다고 한다면, 나는 주저 없이 '아니요'라고 대답할 것이다. 살아온 지난날이 너무 힘들어 다시 돌아간다는 게 쉽지 않을 것 같다. 하지만 딱 하나만 선택적으로 골라 다시 살라 한다면, 젊은 날 밑도 끝도 없이 취해 있었던 잠을 꼽지 않을까. 누워서 머리만 대면 그냥 곯아떨어지던 시절, 며칠씩 이어 자도 계속해서 잘 수 있었던 시절, 인간사 희로애락의 감정에 상관없이 아무 때나 잠에 빠질 수 있었던 시절로 돌아갈 수 있다면 그때는 망설임 없이 선택의 키를 누를 것 같다.

요즘엔 잠 한번 푹 자는 것이 소원이다. 그렇다고 어떤 고민이 있어서 잠을 못 자는 것은 아니다. 신체적으로 불편한 곳이 있어서 잠을 못 자는 것도 아니다. 어쩌면 내 인생에서 지금처럼 편안한 시간도 없을 것 같다. 그럼에도 잠을 자다 깨면 오랜 시간 불면이 이어진다. 생각은 무에 그리 많은지, 어디로부터 와서 어디로 이어지는지 그 끝을 헤아리기가 힘들다. 실컷 잤다 생각하고 일어났는데도 개운함이 떨어진다. 나이 들어 꿀잠 자는 게 쉽지 않은 것 같다.

퇴직 3년 차 되던 해, 스승의 날 아침에 등록되지 않은 전화번호가 손전화기에 떴다. 나는 잠시 망설이다가 전화를 받았다. 졸업생 L이었다. 나는 그가 누구인지 금세 알 수 있었다. L은 학창 시절 잠이 무척 많은 학생이었다. 그는 선생님과 학생들 사이에서 잠신(—神)으로 불렸다. 고3 교실에서는 잠이 많은 학생을 보통 '잠돌이·잠식이·잠신이'로 나눈다.

'잠돌이'는 선호하는 과목에 따라서 수업에 임하는 자세가 다르다. 자신이 좋아하는 수업 시간에는 집중해서 강의를 듣지만 싫어하는 시간엔 아예 처음부터 딴짓하거나 잠을 청하기에 각기 다른 선생님으로부터 긍정적인 평가와 부정적인 평가를 동시에 받는다. 이들은 잠을 자면서도 주위 상황과는 어느 정도 교감을 이룬다. 웃음소리가 들리면 잠을 자다가도 따라서 웃는다. 본인 스스로 왜 웃었는지 잘 모를 때는 친구에게 확인한 다음, 한번 더 웃고 다시 잠에 빠지기도 한다. '잠식이'는 쉬는 시간에는 절대로 잠을 자는 일이 없다. 이 반 저 반 돌아다니며 온갖 것에 간섭한다. 수업 종이 울리고 나서야 화장실에 가는 것은 기본이고 본 수업이 시작되면 곧 바로 잠에 빠진다. 이들은 다듬어지지 않은 언어와 세련되지 못한 태도로 여러 선생님으로부터 지적을 받기도 한다. 때로는 잠 깨우는 선생님을 성난 고양이 눈처럼 흘겨보기도 해서 기가 질리게 하기도 한다. 그래서 이들만의 행동 특성을 이해하는 선생님은 가급적 간섭하지 않으려 한다. 그렇다고 대학을 완전히 포기한 것은 아니다. 수시나 정시에서 가장 많은 원서를 내는 것이 이들이다. '잠신이'는 잠에 관한 한 결코 다른 사람이 따라 올 수 없는 경지에 이른 학생을 말한다. 이들은 대학 진학에는 아예 관심이 없다. 이 단계에 진입한 학생은 시간 장소 불문하고 잠을 잔다. 잠신이는 하루 종일 책상에 엎드려 잠을 자지만 어느 때는 도사와 같이 앉아서도 자기 때문에 선생님은 그가 잠을 자는지, 수업에 집중하는지, 모를 정도이다. 한 시간 정도는 거뜬하게 그렇게 보낼 수 있다. 이 정도면 능히 수면예술의 경지에 이르렀으므로 선생님으로부터 혼날 일도 없다. 이런 부류의 학생은 선생님의 지적이 있을 때는 살며시 고개를 들어 애교미소로 선생님의 마음을 움직일 줄 아는 재치도 있다.

　L은 잠신의 경지에 이른 학생으로 식사 시간이나 화장실에 가는 시간을 제외하고는 야간 자율학습이 끝날 때까지 줄곧 잠을 잤다. 코알라가 하루 18시간 이상 잠을 잔다고 하니 어쩜 이와 비슷하게 잠을 자지 않았나 싶다. 하루는 L을 불러 그에게 일종의 거래를 제안했다. 그가 학교생활에서 간절히 원하는 것은 한 시라도 빨리 귀가하는 것이었고 내가 바라는 것은 그가 학교에서 무언가 유익한 일을 좇아 가기를 의망(意望) 했던 터라 서로 마음만 맞으면 좋은 결과를 찾을 수 있을 것 같아서였다. 나는 그에게 하루에 시 한 편씩 외우면 정상수업 이후에는 언제든지 집에 갈 수 있도록 해 주겠다고 했다. 처음엔 어리둥절해 하던 L이 잠시 후에 그렇게 하겠노라고 했다. 다음 날부터 L은 과제로 내 준 시를 열심히 외웠다. 처음 며칠간은 굉장히 힘들게 외우던 시를 열흘이 지나면서 아주 간단하게 외우는 방법을 터득하기 시작했다. 두 달 정도 지나자 한 시간 정도면 시 한 편을 거뜬히 외울 정도였다. 어느 날 나는 그를 불러 재협상을 하자고 했다. 시를 외우고서 그에 대한 감상문을 200자 원고지 기준으로 한 장씩 써 오라고 했다. 그 말을 듣자마자 L은 펄쩍 뛰었다. 학창시절 내내 한 번도 글을 써 본 적이 없는 그로서는 당연한 반응이었는지도 모른다. 하지만 나는 처음 생각을 굽히지 않았고 그 역시 점차 나의 진성(眞誠)을 이해하게 되어 그렇게 하겠노라고 했다. 재계약을 마친 그는 열심히

시를 외우고 감상문을 써 왔다. 그가 글을 쓰는 일은 쉽지 않았다. 어느 때는 원고지 한 장을 채우는 데 거의 하루가 걸리기도 했다. 하지만 이 또한 얼마 지나지 않아 적응해 갔다. 여섯 달이 지나니 필력이 조금씩 나아지기 시작했다. 그 후론 수필을 읽고 내용을 요약하게 했다. 그는 열심히 했다. 이러한 특별학습은 거의 수업 시간에 이루어졌기 때문에 상황을 이해하지 못하는 선생님께서 는 아이를 나무라기도 했다. 하지만 그 때마다 내가 나서서 일이 되어가는 과정이나 형편을 설명해 주면 이내 기특하다며 아이의 머리를 쓰다듬어 주곤 했다. 그렇게 해서 아이가 졸업할 때까지는 수십 편의 글을 독파하고 감상문을 적어 냈다.

나는 집 근처에서 L을 만났다. 나는 그와 얘기를 나누면서 몇 가 지 놀라운 사실을 알 수 있었다. 그는 내가 내준 과제를 하다 보니 자신도 모르게 생각이 바뀌고 행동이 변화됨을 알았다. 벌로 받았 던 과제 속에서 자신의 인생을 찾아 가고 있었던 것이다. 사회에 나가서는 잘 생긴 얼굴에 언변까지 좋으니 주변의 많은 사람이 그 에게 관심을 보였다. 그의 나이 30초반에 감성이 풍부한 아내를 맞이하여 꿈의 보금자리를 마련했고 두 아이까지 두어 행복하게 살아가고 있었다. 그래서인지 그의 외모도 많이 변했다. 늘 잠에 취해 숨이 멎은 사람처럼 보였던 예전의 모습은 이제 어깨선으로 부터 강한 남자다움을 느끼게 하였고 형형한 눈빛은 바라보는 이 를 압도하고 있었다.

사람은 누구나 절대자로부터 한두 가지 재능은 타고난다고 한다. 한 때의 게으름을 전화위복의 계기로 삼아 자신에게 주어진 양능(良能)을 최대로 발휘하여 열심히 살아가는 그는 이미 행복의 가치를 잘 알고 있었으며 그 가치를 실현하기 위한 고등 정신력까지 갖추고 알찬 미래를 준비하고 있었다. 나는 그의 자신감에서 희망의 빛을 보았고 그 빛은 개인의 빛이 아니라 이 세상 많은 사람의 빛이 될 거라 확신했다.

그와 헤어지고서 집으로 돌아온 나는 취기가 살짝 오른 발개진 얼굴에 환한 미소를 그려 넣고 마음속 화선지에는 예쁜 희망의 별을 매달고서는 혼자 피식 웃다가 스르르 잠이 들었다. 그날 밤 나는 젊음의 평원에서 청춘을 돌려받는 꿈을 꾸며 꿀잠을 이루었다.

그 ― 여자

따스한 봄볕이 그 여자 집으로 쏟아진다. 실바람이 불어와 이야기를 청한다. 동양란의 은은한 향기는 그 여자를 침묵의 깊은 잠에서 깨운다. 그녀는 잠시 일손을 놓고 향기로운 냄새에 젖어 있으니 닫힌 마음이 열리면서 밖으로 나가고픈 충동이 인다.

한동안 창밖에 시선을 두고 있던 그 여자는 집을 나섰다. 진 바지에 하얀색 티셔츠, 그 위에 연노랑 스웨터를 걸쳤다. 그는 시외버스 터미널로 향했다. 오래전부터 봄이 오면 꼭 한번 가보리라 생각했던 동해에 가기 위해서였다. 오전 시간이라 한가할 것으로 예상했던 터미널엔 의외로 많은 사람으로 붐볐다. 표를 구해서 차에 올랐다. 좌석이 맨 뒤쪽이라서 불편하기는 했지만 모처럼 떠나는 혼자만의 여행이고 보면 그런대로 견딜 만했다.

버스가 터미널을 출발하여 도심을 빠져나갈 즈음 그녀는 앞자리에 좌석이 하나 비어 있음을 알고 자리에서 일어나 그쪽으로 갔다. 창 쪽에는 중년의 남자가 앉아 있었다. 처음에는 합석을 청하기에 어색하기도 했지만 오랜 시간 차를 타야함에 용기를 내어 같이 가게 되었다.

바깥 풍경을 바라보고 있던 남자가 말을 걸었다. 그들은 서로 초면이었지만 여행자라는 동반 의식에 이야기를 쉽게 나눌 수 있었다. 남자는 속초를 거쳐서 설악산에 간다고 했다. 설악의 봄 풍경을 좋아하는데 지금이 적기라고 했다. 마른나무에 돋는 새순을 바라보는 것은 생명의 기적을 보는 것 같아 신비롭기만 하다고 했다. 그 여자는 동해의 푸른 파도와 낯선 땅에서 느끼는 신선함이 좋을 것 같아서 여행길에 올랐다며 자연스레 말을 받았다.

버스는 어느새 홍천을 지나 소양강 상류인 신남 나루터를 돌아가고 있었다. 옛길을 따라 산허리를 끼고 오르내리기를 반복하는 버스 기사의 노련한 운전 실력은 예술의 경지였다. 두 사람의 대화가 무르익어 갔다. 그 여자의 마음 한편에 자리하고 있던 일상의 그림자는 사라지고 얼굴엔 밝은 웃음이 피었다. 버스가 미시령 휴게소에 도착하자 두 사람은 같이 내렸다. 속초시의 아름다운 전경과 동해의 푸른 파도를 바라보며 차 한 잔씩 마셨다. 미시령에서 내려다보이는 설악의 봄은 생동감이 넘쳤다.

버스가 속초에 도착했다. "오늘은 설악에 오르는 것보다 전망 좋은 곳에서 당신과 함께하고 싶은데 어떠십니까? 당신의 고운 눈동자가 봄볕에 돋아나는 새순보다 더 청순해 보입니다.”라며 남자가 정중하게 제안했다. 그 여자도 목적지를 정하고 출발했던 여행이 아니었기에 쉽게 동의했다.

그들은 택시를 타고 동명항으로 갔다. 싱싱한 해물을 시켜 소주를 마시며 낯선 분위기에 적응하고 있었다. 그 남자는 한때 스쿠버에 빠져서 동해에 자주 왔노라며 깊은 바다에서 느꼈던 감정을 생생하게 이야기했다. 신비한 바닷속 풍경, 그곳은 그 여자에게 또 다른 세상에 대한 동경을 불러일으키게 했다.

그들은 영랑호로 발길을 옮겼다. 어둠에 잠긴 호반에 가로등이 켜지고 가로등 불빛은 호수에 반사되어 두 사람의 눈동자에 비치고 있다. 그들은 오래전에 만났던 연인처럼 다정하게 걸었다. 어둠이 깔린 영랑호의 고즈넉한 분위기는 낯선 이방인에게 더없이 편안한 장소였다. 영랑호를 한 바퀴 돌아서 ‘영랑정’ 찻집으로 갔다.

이제는 자기를 알리기 위해서 많은 말을 했던 조금 전과는 달리 얼굴 표정만 보아도 서로를 이해할 수 있을 것 같다. 그들은 커피를 시켰다. 커피가 나오기까지는 얼마간의 시간이 필요했다. 잠시 침묵이 흐르는 사이, 갑자기 ‘쿵’하는 소리와 함께 뜨거운 커피가 그 여자 얼굴로 날아들었다. 웨이터가 커피를 나르다가 발을 헛디뎌 넘어졌는데 그 여자 얼굴을 덮쳤던 것이다.

그 여자는 깜짝 놀라서 눈을 떴다. 어둠이 온 세상을 덮고 있다. 그 여자 옆에는 만취한 남편이 코를 골며 어둠의 적막을 깨고 있다.

환한 햇살과 지저귀는 새 소리에 잠에서 깨어 창문을 연다. 푸른 하늘엔 한 쌍의 종다리가 땅에 꽂히듯 하늘을 찌르듯 날고 있다. 그들에겐 정해진 항로가 따로 없다. 무한 자유공간이 그들의 생활 영역이다. 나는 그들을 보며 알게 모르게 얽매인 여러 제약과 구속에서 벗어나 비상하는 자유를 꿈꾼다. 어떤 의식의 틀 속에 갇혀 있기보다는 의미를 채울 수 있는 영혼을 찾아 훨훨 날고 싶은 기대일 게다.

그 ― 남자

신학기가 되어 시골 여자고등학교에 몇 분의 선생님이 부임하였다. 애국조회가 있던 날, 교장 선생님께서는 신임 선생님에 대한 소개가 있었고 대표 선생님 한 분이 교단에 올랐다. 잠시 학생들을 바라보던 선생님이 말문을 열었다.

"학생 여러분! 나는 여러분을 사랑합니다. 오늘 아침 출근길에서 여러분의 또렷한 눈망울을 보며 내가 여러분의 눈동자 속으로 포근하게 빠져들어 가는 것을 느꼈습니다. 어느 한 곳 막히지 않고 이어지는 여러분의 아름다운 미소 속으로 내 마음이 녹아 들어가고 있었습니다. 처음 대면한 여러분이지만 몇 년을 두고 가슴속에 새겨 둔 연인처럼 따스한 정이 흐르고 있음을 알았습니다. 사랑하는 여러분! 지금 이 순간 내 마음속에 자리한 순수한 감정을 오래도록 잊지 않고 여러분과 함께 참된 교육자의 길을 걸어가도록 최선을 다하겠습니다. 감사합니다."

　잔잔하던 교정이 일순간 술렁이기 시작했다. 의미가 다르기는 해도 사랑이라는 말만 들어도 가슴이 설레고 온몸이 얼어붙을 것 같던 여학생들에게 거침없이 사랑한다고 말을 하는 선생님은 작은 천사들의 가슴에 불을 댕기기에 충분했다. 선생님에 대한 학생들의 관심은 날이 갈수록 더했다. 소문 또한 눈덩이처럼 불어났고 선생님의 언행 하나하나는 학생들의 시선을 집중시켰으며 흥미진진한 얘깃거리가 되었다. 총각 선생님을 향한 학생들의 열정은 식을 줄 몰랐고 은근히 선생님과의 상담을 기대하기도 했다. 하루가 멀다고 발신인의 주소도 없이 보내오는 수많은 편지와 선물이 선생님 책상 위에 가득 올려졌다. 특별히 유리병 속에 갇힌 수백 마리의 종이학은 정중동의 날갯짓으로 희망을 쏘아 올리고 있었다. 선생님을 향한 학생들의 열정은 그의 호칭 변화에서도 살펴볼 수 있었다. 총각 선생님에서 점차 그 남자로 변해가고 있었다. 호기심 많은 여학생들에게 선생님보다는 남자라는 단어가 더 신비롭게 와닿아서 그랬나보다.

　그 남자의 맞은편에는 같은 시기에 부임한 처녀 선생님 자리가 있다. 처녀 선생님은 그 남자처럼 학생들의 관심이 화려하게 드러나지는 않았지만 꾸밈없이 나오는 긍정의 힘은 주변 사람들을 편안하게 했다. 두 사람은 가까이 있으면서 학사 관련 이야기뿐만 아니라 학생들의 훈육 문제며 사적 얘기도 자연스레 나누게 되었다. 그러다 보니 두 사람 관련 이야기는 밑도 끝도 없이 학생들에게 회자되어 번져 나갔다. 대부분의 이야기는 확인되지 않은 '카더라통신'으로 그 말은 바로 사실로 둔갑하여 퍼져나갔다. 물론 두 사람도 그러한 소문을 모를 리는 없었다. 따라서 두 사람은 학생들 입에 오르내리며 전해지는 말에 신경을 쓰며 생활해야 했다.

신학기가 되어 담임 배정을 받은 처녀 선생님은 교실 환경을 꾸미는데 애로사항이 많았다. 소도시에 위치한 학교다 보니 환경미화에 쓸 물건을 구입하는 일이 쉽지 않았다. 그렇다고 낯선 환경에서 아무에게나 부탁할 사안은 아니어서 혼자서 고민하고 있는데 마침 그 남자가 인근에 있는 군산에 볼일이 있어서 나가는데 필요한 것 있으면 주문하라고 하였다. 처녀 선생님은 기회가 잘 되었다고 생각하며 자신의 속내를 내비쳤다. 하지만 짐을 운반해야 하는 수고로움이 있고 그냥 부탁하는 것은 도리가 아닌 것 같아서 자신도 함께 가겠다고 했다. 두 사람은 자연스레 물건을 구매하기 위해서 군산으로 갔다. 군산은 서천과는 달리 학생들의 시선을 의식할 필요 없이 편안하게 행동할 수 있었다. 두 사람은 일상의 번잡함을 내려놓고 잠시 여유를 찾아가고 있었다. 두 사람은 군산에서 일을 마치고 서천으로 돌아가기 위해 선착장으로 갔다. 군산에서 서천까지 가기 위해서는 군산, 장항 간 배를 타고 다시 버스를 타고 이동해야 한다.

선착장에 도착하니 매표소 앞에는 한 사람도 없다. 이상한 생각이 들어 주위를 살펴보니 안개가 많이 끼어 배가 출항할 수 없다는 내용의 공고문이 붙어 있었다. 두 사람은 난감한 처지에 놓이게 되었다. 서로는 말을 아꼈지만 해결책을 찾기 위해 상황 판단을 하고 있었다. 방법이라곤 선착장 의자에서 하룻밤을 지새우거나 선착장 주변 숙박시설에서 하루를 묵고 다음날 아침 일찍 배를 타고 가는 일, 아니면 군산에서 서천까지 택시를 타고 가는 일이었는데 요금이 만만치 않았다. 서로 의사 표현을 하지 못하고 망설이다 총각 선생님이 택시를 타고 가자고 제안했다. 처녀 선생님 역시 그 상황에서는 별다른 방법이 없어 결국 택시를 대절했다.

군산 선착장을 출발한 택시는 충남 강경을 거쳐 논산 부여를 지나고 외따로 떨어진 마을을 달리고 있었다. 두 사람 사이에는 잠시 침묵이 흐르고 각자의 의식 속에서 여러 가지 생각에 빠져들었다. 총각 선생님은 당시의 선택을 잘한 거라 생각하면서도 서운함이 배어있었다. 진실을 말할 수 있었던 절호의 기회를 놓쳤다는 생각에 아쉬움이 있었다. 그러나 사랑은 행복을 느낄 때가 사랑이지 그것을 내 것으로 만들려는 욕심이 생기면 잃게 될지도 모른다는 생각 또한 했다. 처녀 선생님 역시 비슷한 생각을 하고 있었다. 내 사랑보다는 그 사람의 사랑을 더 기대했던 것은 집착이었고 욕심이었지 싶다. 사랑은 소유하는 마음이 아니라 나눔으로 더 큰 무게를 달아낼 수 있으리라는 믿음을 친구들에게서 느꼈기 때문이다. 택시는 계속해서 안개 속 어둠을 뚫고 달리고 있었다.

택시가 외진 마을을 지나 깊은 산속 길로 들어갈 무렵 갑자기 택시 앞에 커다란 물체가 나타났다. 예기치 못했던 상황에 택시 기사는 물체를 피할 겨를도 없이 부딪히고 말았다. 택시 뒷좌석에 앉아있던 두 사람 역시 워낙 순식간에 일어난 일이라서 비명을 지르는 일 외에는 아무런 대처를 할 수 없었다. 잠시 후 정신을 차린 두 사람은 택시 옆에 커다란 소가 넘어져 있는 것을 보고는 허탈하게 웃음 지었다.

'소가[속아] 넘어갔네.'

1980년대 초, 만우절 아침에 생각나는 대로 단편적인 생각을 적은 글이다.

만우절은 원래 서양 풍습이지만 우리나라에서도 만우절과 유사한 이야기가 전해 온다. 조선시대 궁중에서 첫눈이 내리는 날에는 궁인들이 왕을 속여도 죄가 되지 않는다고 했다. 첫눈이 많이 내리면 이듬해 풍년이 든다고 해서 왕을 속여도 너그럽게 눈감아 줬다는 일화다. 조상들의 여유와 낭만이 느껴지는 대목이다.

글을 쓰다 보면 무언가 새로운 것을 쓰고 싶은 욕심에 갈증이 느껴질 때가 있다. 그럴 땐 시원한 청량음료 한잔 마시는 기분으로 파격의 글줄을 이어가는 것도 좋을 것 같다. 물론 독자의 이해가 전제되어야 하겠지만….

한 쌍의 — 사랑앵무에게

나이가 지긋하게 들다보니 주례를 부탁하는 사람이 가끔 있다. 그럴 때마다 나는 이런저런 핑계로 사양했다. 하지만 김동휘 군의 청을 받고는 냉정하게 거절할 수 없어서 고민 끝에 허락하고 주례사를 준비했다.

여기 선량한 두 젊은이가 하늘에서 정해준 배필을 만나 백년해로(百年偕老)하기 위해 이 자리에 섰습니다. 바쁜 중에도 이들을 축하해주고 사랑의 증인이 되고자 참석하신 하객 여러분께 신랑·신부와 양가 혼주를 대신하여 깊은 감사의 말씀을 드립니다.

저와 신랑 김동휘 군은 고등학교에서 담임 선생님과 제자의 인연으로 만났습니다. 학창 시절 동휘군은 전교총학생회장으로 각종 동아리 활동을 이끌었으며 학업성적도 우수하여 서울대학교에 진학할 수 있었습니다. 대학 입학 후에는 오로지 학문에만 정진하여 그의 나이 삼십에 벌써 박사 학위를 받고 지금은 삼성중공업에서 책임연구원으로 근무하고 있습니다. 한 달 전 동휘군은 약혼녀 조민경 양을 대동하고 저를 찾아와 함께 식사할 기회가 있었습니다. 신부 조민경 양은 덕망 있는 조씨 가문에서 태어나 서울대학교 치의학대학원 감염면연학부를 졸업하고 해마루동물병원 인턴과정을 거쳐 현재는 임상 수의사로 활동하고 있습니다. 저는 민경양을 그날 처음 보았지만 늘 가까이서 대했던 사람처럼 친근함을 느낄 수 있었습니다. 이는 평소 민경양의 성품이 온유하여 그렇지 않았나 생각합니다.

식사를 마치고 자리에서 일어날 무렵 동휘군은 저에게 주례를 부탁했습니다. 전혀 예상하지 못했던 일에 저는 완곡하게 사양했습니다. 요즘 사회는 어떻게든 명망이 있거나 경륜이 높은 사람과 연(緣)을 대려고 하는 게 인지상정인데 사제 간의 인연만을 고려하여 좋은 기회를 잃지 않을까 부담이 되었던 것입니다. 하지만 동휘군은 생각을 굽히지 않았고 저 또한 숙녀의 면전에서 지나치게 거절하는 것은 예의가 아니라는 생각에 결국 주례를 맡기로 약속했습니다.

집으로 돌아온 나는 많은 생각에 잠겼습니다. 윤슬같이 맑은 두 사람의 영혼에 부족함이 많은 내가 어떻게 혼례를 주관해야 할지 고민했습니다. 밤이 깊어가고 잠자리에 들어서도 여러 생각에 빠져 쉽게 잠을 이룰 수 없었습니다. 그러다가 문득 어느 노부부 이야기가 떠올랐습니다.

  제가 사는 이웃에 결혼생활 50년 차의 노부부가 살고 있습니다. 이들은 매일 아침, 동네 뒷산을 걷는 것으로 하루 생활을 시작합니다. 이들은 산책길에서 한 쌍의 사랑앵무와도 같이 끊임없이 대화를 나누며 자연이라는 공간 속에 그들만의 인생 풍경화를 멋지게 그려 넣곤 했습니다. 그들이 산책을 마칠 때면 으레 두 손에 버려진 물건이 가득 담긴 비닐봉지가 들려있었는데 이는 산책길에서 주워 모은 것입니다. 그들의 이러한 모습은 사랑으로 자연을 안고 세상 안에서 모두 하나가 되고자 하는 실천적 가치의 중요성을 깨우치게 하여 보는 이로 하여금 잔잔한 감동을 느끼게 하였습니다. 어느 날 나는 그들 곁을 지나가다가 우연히 땅에 떨어진 휴지를 주우면서 그들과 첫인사를 나누게 되었습니다. 그들은 나의 작은 행동에 크게 감사하며 행복한 웃음을 지었습니다. 산책을 마치고 집으로 돌아오는데 그들은 자기 집에 가서 차 한잔하자고 했습니다. 나는 그들을 따라갔습니다. 거실에 들어서자 백발의 노파 한 분이 저를 반갑게 맞이했습니다. 그분은 이들 노부부의 어머니였습니다. 차를 마시는 동안 백수(白壽)의 어머니는 지극히 평화로운 분위기에서 연신 입가에 미소를 띠었으며 아들은 그 앞에서 갓돌이 지난 어린아이와 같았습니다. 우리말에 '부자가 되려면 부자

줄에 서야한다.'는 말이 있습니다. 결혼생활 역시 행복하게 살아가는 선배 부부의 모습을 닮으려 노력할 때 행복해지지 않을까 생각해 봅니다. 나는 그날, 노부부의 일상을 통해서 행복한 결혼생활의 몇 가지 예상 답안을 정리할 수 있었습니다.

행복한 결혼생활 예상 답안 첫째는 소통이었습니다. 부부 사이에서 소통의 관계는 서로가 끊임없이 의사를 주고받지만 일방적으로 자신의 주장을 강요하지 않고 상대방이 무엇을 원하는지 끝까지 들어주는 데 있습니다. 남편은 아내의 말에, 아내는 남편의 말에 귀를 기울이면서 서로 이해와 양보를 하며 살아간다면 아무리 어려운 일도 슬기롭게 해결할 수 있을 거라 생각합니다.

둘째는 배려하는 마음이었습니다. 산책길에서 주변에 버려진 물건을 줍는 마음은 그 마음이 크든 작든 많은 사람에게 감동을 전해 줍니다. 배려는 나보다는 우리라는 의식이 강합니다. 오늘 이 자리에 서 있는 두 사람은 부부 행복 못지않게 이 사회를 건강하게 이끌어 가야 할 책임도 있습니다. 두 사람은 우리 사회가 필요로 하는 여러 조건을 두루 갖춘 공인이기 때문입니다.

셋째는 감사하는 마음이었습니다. 행복은 가진 것에 따라 증가하는 것이 아니라 감사하는 마음에 비례합니다. 그러므로 우리는 현실적으로 불가능한 일에 기대를 걸기보다는 가능한 일에 감사하며 살아가는 마음을 가져야 합니다. 우리의 삶은 긍정의 마음으로 감사를 표현할 때 감사함에 대한 선순환이 이루어져 실제로 감사한 일이 생기게 됩니다. 오늘 이 자리에서 희망의 빛으로 새 100년을 여는 두 사람 역시 작은 것 하나하나에 의미를 부여하고 진정으로 감사할 줄 아는 마음으로 살아가기 바랍니다.

넷째는 지극한 효심이었습니다. 부모 공경은 자녀에게 선택이 아니라 필수사항입니다. 기독교 십계명 중에서 인간을 향한 제1계명이 부모 공경으로 효에 관계된 내용입니다. 불교에서도 부모은중경(父母恩重經)으로 부모의 은혜가 지극히 크고 깊다는 사실을 이르고 보은을 권장하였습니다. 이 자리에 서 있는 두 사람은 지금 이 자리의 모든 영광이 부모님에게서 나온 것임을 한시도 잊지 말기 바랍니다.

결혼이란 서로 다른 환경에서 자란 두 사람이 만나 하나가 되어 한 방향으로 평생을 함께 가는 일입니다. 그렇기 때문에 어느 부부에게나 행복 못지않게 갈등도 존재하기 마련입니다. 다만 사랑하는 사람의 마음에 무엇을 담고 사느냐에 따라서 그러한 갈등 구조는 더욱더 단단한 행복의 밑돌이 될 수 있습니다. 부디 각자의 단점을 보완하고 배우자의 좋은 점만을 좇아 아름다운 가정을 세우기 바랍니다. 오늘 저는 인생 선배로서 신랑 신부에게 '행복한 결혼생활'이라는 주제로 말씀을 드렸습니다. 아무쪼록 행복한 가정의 주인이 되고 멋진 인생을 가꾸어 나가길 당부합니다.

오늘 새로운 가정의 탄생을 축하하고 이 자리를 빛내 주신 하객 여러분께 다시 한 번 깊은 감사의 말씀을 올립니다.

　예로부터 결혼은 '인륜대사(人倫大事)'로 불리며 인생에서 가장 중요한 일로 여겼다. 남녀가 정식으로 부부 관계를 맺는 것은 본인뿐만이 아니라 가족 구성원까지도 하나가 되기 때문이다. 김 군 내외는 신혼여행을 다녀와서 나를 찾아왔다. 나는 그들에게 '삶은 지겹게 지겹게 오래가 아니라, 순간순간 알차게 살아야 한다.'는 말로 그들이 화목하고 행복하게 살아가기를 빌었다.

4장

미운 사랑
체르고리

영취산 ― 진달래꽃

아는 사람이 가게를 냈다기에 화분을 보내려고 꽃가게에 들렀다. 진열대에 놓인 다양한 봄꽃이 가게를 찾은 우리를 반갑게 맞이한다. 여러 꽃 중에서도 유난히 나의 시선을 끈 것은 진달래꽃이었다. 연분홍색이 전하는 따스함은 삼동을 지내느라 움츠렸던 몸과 마음에 활력소가 되었다. 내가 진달래꽃에 관심을 보이자 함께 간 사람이, 진달래꽃을 개업식장에 들고 가는 것은 별로 좋아 보이지 않는다고 만류한다. 그러고 보니 진달래꽃은 떠나는 님의 걸음걸음에 밟히는 애련(哀戀)의 꽃으로 어느덧 우리 정서에 깊숙이 들어왔나 보다.

봄꽃 소식이 절정에 달한 4월 첫째 주 일요일, 나는 여수 영취산에 다녀오기로 했다. 어둑새벽에 서울을 출발해서 영취산 주차장까지 다섯 시간 삼십 분이 걸렸다. 한가하던 고속도로와는 달리 산 입구에는 먼저 온 차량으로 붐볐다. 특히 외지에서 온 관광버스가 폭이 좁은 도로를 가득 메우고 있었다. 어렵게 빈자리를 찾아 차를 세우고 산길로 들어섰다. 산행길이 주차장만큼이나 붐볐다.

완만하게 이어지는 길을 따라서 천천히 산에 오르기 시작했다. 사람들의 발길이 닿을 때마다 숲길에 널브러진 돌들이 소리를 낸다. 진달래꽃의 아름다움만 보려 하지 말고 소외된 곳에서 묵묵히 살아가는 자기들의 모습도 한번 보고 가라는 것 같다. 잠시 길섶에 앉아 쉬고 있는데 봄바람이 다가와 이마에 흐른 땀을 닦아주며 속삭인다. 이곳이야말로 전국 최고의 봄꽃 축제장이라고…. 고개를 들어 사방을 살핀다. 갓 피어난 나무의 여린 잎이 부드러운 몸짓으로 시선을 사로잡는다. 계곡에서 정상으로 이어진 수풀은 연한 잎과 색색의 봄꽃이 어울려 멋스런 풍경을 그려 내고 있다. 자연은 일상에서 힘들었던 피로를 한꺼번에 풀리게 하고 새로운 생명력을 느끼게 한다.

봉우재에 도착했다. 연분홍 꽃불이 사방으로 번진다. 그 기세는 온 산을 덮치고도 남을 것 같다. 진달래꽃은 우리나라 전역에서 흔히 볼 수 있는 꽃이다. 하지만 정상을 온통 연분홍 천으로 깔아놓은 것 같이 무리지어 피어있는 곳은 그리 많지 않다. 그래서 사람들은 영취산을 우리나라 최고의 진달래 꽃밭이라 했나 보다. 진달래꽃의 환한 웃음은 산을 찾은 사람들에게 그대로 전해진다. 사람들의 얼굴에 즐거운 표정이 가득하다. 나도 절로 미소가 지어진다.

시루봉에 도착했다. 시루봉에 앉아 있으니 불같은 기운이 온몸에서 느껴진다. 나는 열기 속에서 사람들이 이곳을 왜 시루봉이라이름 지었는지 잠시 생각에 잠겼다. 떡가루가 떡이 되기 위해서는 시루 속에서 강한 불에 익혀져야 하듯 한 사람의 감정이 온전한 아름다움으로 승화하기 위해서는 자연의 꽃불에 익혀져야 한다는 뜻에서 시루봉이라 부르지 않았을까.

꽃 속에 묻힌 사람들의 표정이 마냥 행복해 보인다. 꽃가지를 꺾어 입에 물고 웃음 짓는 노파의 표정이 자연을 닮은 그대로 깨끗하고 순수해 보인다. 꽃잎에 얼굴을 비비며 좋아하는 어린아이가 천진스럽다. 립스틱을 곱게 바른 젊은 여성이 꽃잎에 입맞춤하며 즐거워하는 모습은 바야흐로 봄이 절정에 와 있는 느낌이다. 남녀노소가 꽃불 속에서 하나 됨은 자연이 전하는 순수함이 있기에 가능하리라. 나는 조용히 눈을 감았다. 눈으로 보이는 세상의 아름다움을 가슴 속에 담아 두기 위해서였다.

발아래로 보이는 바다가 눈부시도록 아름답다. 영취산에서 피어오른 붉은 화염이 해가 저물어 하늘에 오르지 못하고 남해로 떨어졌나 보다. 태양이 만든 저녁놀은 그들과 하나 되어 금빛 바다에서 너울춤을 춘다. 지상의 빛과 하늘빛의 만남은 정열과 환희의 모습이다. 내 안의 온갖 감정도 덩달아 자연의 빛과 어울려 흥얼거린다. 그러고 보니 진달래꽃은 사랑하는 사람을 떠나보내는 슬픔의 꽃이 아니라 그리움을 찾아 나선 사람을 따스하게 맞아주는 사랑의 꽃이었다.

나는 다시 승용차로 여섯 시간을 달려서 서울로 올라왔다. 고속도로 상에서 교행 하는 차가 흘리고 지나는 불빛이 예전에는 짜증스럽기만 했는데 오늘따라 아름답게 와닿는다. 진달래 빛의 아름다움이 남아있어서일 게다. 나는 운전대를 붙들고 나도 모르게 흥에 겨워했다.

다음날, 카메라에 담긴 진달래꽃 몇 장면을 친구 메일로 보냈다. 개업 화분으로는 잎이 싱싱한 돈나무 화분을 골라 마음과 함께 전했다.

내 마음의 ─ 화원

내 마음의 화원(花園)이란, 평소 아름다운 것을 볼 때마다 그것을 가슴속에 담아 놓은 나만의 꽃밭을 말한다. 세상사 힘든 일이 있을 때마다 나는 그곳에서 힘과 용기를 얻고 아픈 마음을 달래기도 한다.

오늘은 특별히 마음의 꽃밭에 뿌릴 씨앗을 구하기 위해서 곰배령에 다녀오기로 했다. 승용차로 두물머리를 지날 즈음 물안개는 하얀 치마폭을 강물에 펼치고 하늘로 날아오르고 있다. 이 세상에서 쌓은 선업(善業)을 안고 승천하는 성인의 모습처럼 마음에 감흥을 일으킨다. 차창을 통해 들어오는 신선한 공기는 산행에 앞서 여행 기분을 돋우기에 충분하다. 당일로 서울에서 곰배령을 왕복하는 것이 무리인 줄은 알지만 많은 꽃과 함께할 아름다운 시간을 생각하면 마음은 벌써 산정에 올라가 있다.

굽이굽이 돌아서 인제군 진동리에 도착했다. 평소 오지(奧地)로 소문난 곳이기에 사람이 많지 않을 것으로 예상했는데 의외로 많은 사람이 먼저 와서 산행 준비를 하고 있다. 물길 따라서 이어지는 등산로가 마음을 상쾌하게 한다. 완만하게 이어지는 숲 그늘 등산로는 삼림욕을 즐기기에 더할 나위 없이 좋았다. 등산로 주변에는 조릿대가 무성했으며 달맞이꽃·엉겅퀴·물봉숭아·투구꽃·어수리·궁궁이·이질풀 등도 낯설지 않은 모습으로 나를 반긴다.

서너 가구가 모여 사는 강선마을 산기슭엔 옹기종기 토종 벌통이 놓여있다. 벌이 꿀을 모으기 위해서 분주하게 들락거린다. 한가로운 정경이 마음을 평화롭게 한다. 이름 모를 작은 폭포 앞을 지날 때는 서늘함이 온몸에 흘러내리던 땀방울을 멎게 한다. 하얀 물보라를 일으키며 흐르는 물줄기는 만남에 대한 기쁨인지 쉬지 않고 재잘거린다.

숲길 따라서 한 시간 삼십 분을 걸어서 올라가니 갑자기 구름바다가 보인다. 그 많던 야생화는 구름바다 아래에서 잠을 자는 듯했다. 그들의 궁전에 초대받기까지는 기다림의 시간이 필요했다. 십여 분이 지나자 바람은 하얀 막을 서서히 들어올리기 시작했다. 어둡던 하늘이 열리고 빛이 들어오자 대지는 꽃물결로 변했다. 가슴은 달아올랐고 눈빛은 꽃 바다에서 파도를 타고 있었다. 감성을 지배하고 있던 모든 기능이 일시적으로 한곳에 멈춰 있는 듯했다.

풀벌레 소리에 정신을 차리니 후각마저 꽃향기에 취해 있었나 보다. 삼삼오오 꽃밭에 앉아 이야기를 나누는 사람의 모습이 하늘 세계의 선남선녀 같아 보인다. 한 달 전에는 노랑꽃이 만발했는데 오늘은 보랏빛 꽃이 춤을 추고 있다. 곰배령의 야생화 단지는 이처럼 일정한 주기로 변해 가고 있었다.

꽃기운에 힘을 얻은 나는 작은점봉산으로 향했다. 곰배령과 작은점봉산은 서로 이어져 있다. 동해의 백사장과 푸른 물이 시원하게 보인다. 남쪽의 가칠봉과 북쪽의 점봉산이 비슷한 거리를 두고 솟아있다. 작은점봉산은 철쭉의 군락지로 유명한데 꽃은 지고 잎만 남아 있다.

점봉산으로 발길을 옮기니 거기엔 꽃불이 활활 타고 있다. 꽃불은 좀체 사그라지지 않는다. 지나온 시간이 어떻게 흘렀는지 알 수 없을 정도로 볼거리에 취했다. 야생화 군락지는 원시 자연 상태로 보존되어 있었다. 굽이굽이 이어지는 한계령이 코앞에 보인다. 먼 여행길에 지친 구름이 잠시 쉬어 가는 듯 대청봉엔 하얀 이불이 덮여 있다. 세속적 아름다움으로는 도저히 설명할 수 없는 천상계의 절경이었다.

점봉산은 강원도 인제군과 양양군의 경계에 있다. 설악산이 암봉 중심의 남성상이라면 점봉산은 산세가 부드러운 여성상에 비유할 만하다. 많은 등산가는 명산의 기준을 깊이로 평가한다. 산세가 깊으면 정신적 여유를 무한으로 누릴 수 있기 때문이라고 한다. 그런 면에서 점봉산은 명산으로서도 손색이 없었다. 나는 거목과 잎사귀에서 뿜어내는 자연의 생명감에 흠뻑 젖어들었다.

떠나야 하는 아쉬움을 가슴에 묻고 하산하기 시작했다. 두 시간을 걸어서 너른골에 도착했다. 독립가옥이 있고 채소밭이 넓게 자리하고 깊은 산속에서 살아가는 사람들의 온화한 눈빛도 보인다. 자연이 빚은 '하늘 찻집' 카페에 앉아 있으니 금세 어둠이 내린다. 밤하늘에 별들이 하나둘 모이기 시작한다. 곰배령의 예쁜 꽃들이 밤에는 하늘에 올라가 별이 되는가 보다. 꽃과 같이 아름다운 별, 별과 같이 아름다운 꽃이 마음속에 들어와 훈훈한 바람을 일으킨다. 영원히 지워지지 않을 또 하나의 추억이 마음의 꽃밭에 뿌리를 내리고 있다. 언제고 조용히 눈만 감으면 찾아갈 수 있는 영혼의 아름다운 공원, 나는 내 마음의 꽃밭에 뿌릴 또 하나의 씨앗을 곰배령에서 얻었다.

억새꽃 — 향기

바람 소리, 물소리가 친근하게 다가오는 한적한 숲길을 따라서 걷는다. 곱게 핀 야생화가 웃음으로 맞아주는 명성산 봉우리 너머로 맑고 깨끗한 하늘이 열렸다. 하늘에서는 금방이라도 쪽물이 쏟아져 내릴 것 같다. 고추잠자리 한 마리가 코스모스의 붉은 잎에 입을 맞추려는데 코스모스는 요리조리 잘도 피한다. 부끄러움에 고개 돌린 코스모스 잎이 새색시 볼과 같다. 잠자리와 코스모스는 서로 내외하고 있는가 ….

경사가 완만한 길을 따라 걷다가 중턱에서 등짐을 풀었다. 산 식구의 이야기 소리가 여기저기에서 들린다. 나무와 나무 사이를 뛰어넘는 날다람쥐 곡예사와 같다. 사인펜으로 찍은 점 하나 크기의 풀벌레가 손등으로 기어오른다. 뒤이어 그보다 작은 생명체가 따라 움직인다. 작은 보따리를 가슴에 안고 남편 뒤를 따라가는 어느 풍속화 속, 여인 같다. 아무런 느낌조차 없는 작은 생명체, 하지만 점차 시간이 흐르면서 나는 그들을 통해서 우주의 넓은 도량을 느끼고 있었다. 조용히 눈을 감았다. 이런 곳에 예쁜 집 하나 지어놓고 자연에 묻혀 자유롭게 살다가 자연으로 돌아가면 얼마나 좋을까 하는 생각에 잠시 세상 속 이야기를 잊고 있었다. 장끼 한 마리가 걸걸한 소리를 내며 날아오른다. 다시 배낭을 걸머지고 숲길 따라 걸었다. 내 영혼은 서서히 산 마음을 닮아가듯 평화로움으로 가득했다.

장끼가 날아간 곳으로 걸어서 올라가니 은빛 파도가 출렁이는 억새밭이 순수의 모습으로 나타난다. 억새의 흰 빛은 밝은 달밤에 핀 배꽃 같고 하늘거리는 춤사위는 별빛 사랑에 취한 소녀의 발랄한 모습이었다. 어느 여인의 흰 치마폭이 이렇게 고울까. 신부의 하얀 드레스가 이럴까. 눈이 내려 온 천지가 하얀색으로 변한 설국의 풍경이 이랬으리라. 눈길을 걷듯 조심조심 억새밭으로 들어갔다. 석양빛에 머리 감은 억새의 부드러운 머릿결이 바람과 사랑을 나누듯 바람이 한걸음 다가서면 한 발짝 물러서고 또 한걸음 다가서면 가녀린 몸매를 파르르 떤다. 하지만 태양 빛에 맞서 드러난 억새의 강렬함은 눈부셔 제대로 바라볼 수가 없다.

산을 찾은 사람들이 허리를 꼿꼿하게 세우고 하얀 머리를 날리는 꽃 미녀와 기념 촬영하기에 바쁘다. 눈이 하늘에서 내리는 꽃이라면 억새는 지상에서 만들어 올린 아름다운 눈이었다. 억새밭

가운데로 난 꽃길을 따라서 숲으로 들어가니 맑은 물이 퐁퐁 솟는 샘이 있다. 만물의 생명력이 이곳으로부터 오고 있음을 느끼게 한다. 한 바가지 퍼서 목을 축이니 청량감이 온몸으로 전해온다. 샘물은 쉼 없이 솟아오르고 비록 반나절이나마 명성산 식구가 된 나는 자연이 전하는 풍요로움 속에서 시간 가는 줄 몰랐다.

억새공원을 거닐다가 능선 정자에 오르니 은빛 물결이 세상을 덮친다. 나는 상상의 깊은 공간 너울 속으로 서서히 빠져들어 갔다. 그러자 갑자기 내 앞에는 끝없는 평원이 펼쳐졌다. 나는 그 길을 따라서 걸었다. 한참을 걷다 보니 웅덩이가 나오고 가시밭길이 나온다. 그래도 나는 걸었다. 길이 막혀 더 이상 걸을 수 없을 때에는 누군가 나타나서 나를 이끌어 주었다. 오랜 시간 걸어서 꽃이 만발한 정원에 도착했다. 새소리가 들리고 꽃향기가 가득했다. 나는 그곳에 보금자리를 틀고 행복한 나날을 보냈다. 하지만 기쁨도 잠시, 나는 다시 그곳을 떠나 다른 길을 가야만 했다. 새로운 길은 정신적 육체적으로 매우 힘든 길이었다. 인생의 노정은 내 마음대로 되지 않았다. 하지만 길을 걷다 보니 인생의 시작과 끝점이 희미하게 보인다. 지금까지 내 삶은 다른 사람으로부터 도움을 받아 왔거나 나 자신만을 위한 삶이었는데 이제야 내가 할 일이 무엇인지 어렴풋이 깨달을 수 있었다.

길 잃은 나뭇잎이 스쳐 지나며 감긴 눈꺼풀을 살짝 들어 올린다. 다시 내 앞에는 하얀 세상이 열렸고 바람에 장단을 맞춰 몸을 흔드는 억새의 고운 춤사위가 시작되었다. 나는 본능적으로 움직이는 억새의 아름다움에서 현재를 보게 되었고 현재의 시간을 통하여 지난 시간을 추억하게 하였으며 미래의 시간을 상상하기도 했다. 그것은 척박한 토양 위에 뿌리를 내리고 예쁜 꽃을 피운 억새로부터 순수한 인생의 선로(善路)를 보았기 때문이다.

사랑 그 ― 수수(授受)함에 대하여

숨이 목까지 차오른다. 얼굴에서는 굵은 땀방울이 연신 흘러내린다. 발걸음이 점차 무디어질 무렵 잣나무 숲이 나왔다. 이곳의 잣나무는 수령이 오래되지는 않았지만 경사면에 무리지어 뿌리를 내리고 의연하게 살아가는 모습이 보기에 참 좋다. 숨을 깊게 들이쉬고 내쉬기를 반복하는 동안 몸과 마음은 안정이 되고 시야가 넓어진다. 맑은 공기를 온몸으로 받으며 산속 풍경과 교감하는 것만으로도 육체적, 정신적 긴장이 풀리고 마음이 한결 평온해진다. 산길 경사면의 기울기가 완만해지고 걷기가 편안해질 무렵 능선에 도착했다. 뒤따라오던 H가 볼에 흐르는 땀을 닦으며 '아무리 힘든 일이라도 시간이 지나면 곧 잊게 되는데 사람들은 왜 그리 참을성이 없는지…' 하고 중얼거린다.

지인 중에 맞벌이 부부로 30년 가까이 결혼생활을 하다가 최근 헤어진 사람이 있다. 주위 사람들은 이들의 이혼 사실을 안타깝게 생각했다. 그들에게는 자녀가 둘이 있는데 모두 결혼해서 살고 있으며 이들 부부 또한 그동안 사회적, 경제적으로 여유 있게 지내 왔다. 하지만 이들이 갑작스레 헤어지기로 한 것은 아이러니하게도 돈 때문이었다. 평생 같이 벌어서 재산을 증식하는 데는 이견이 없었지만 집안일에 관련된 돈 문제로는 자주 의견 대립이 있었다. 어찌되었건 나이 들어서 서로 헤어진다는 것은 썩 바람직한 일은 아닌 것 같다.

헤어짐을 주제로 이런저런 얘기를 나누며 정상을 향해 천천히 걷고 있는데 산 아래 동강의 짙푸른 물이 우리를 향해 끊임없이 환영 인사를 한다. 산과 물과 하늘빛이 어우러져 빚어내는 동강의 초가을 정취는 인간사 희로애락의 감정을 마음껏 희롱하고 있다. 다만 자연의 이치를 제대로 알지 못하는 자가, 자기감정에 취해 일상의 잘잘못을 가리려 애쓰는 것은 아닌지 모르겠다. '어라연'을 한눈에 바라 볼 수 있는 전망대에서 사진 몇 장 남기고 다시 산 위로 걸어 올라갔다. 산행을 시작해서 50여 분 만에 정상에 도착했다. 잣봉을 산행 거리나 소요 시간만으로 계산하면 분명 큰 산에는 미치지 못하지만 굽이굽이 휘돌아 치는 동강과 어울려 멋진 경관을 연출하는 모습을 본다면 결코 평범한 산이 아님을 금방 알 수 있다. 특히 절벽에 뿌리를 내린 노송 군락지는 동강의 푸른 물과 어울려 천혜의 비경을 이룬다. 능선 가까이 갈수록 산길은 완만하게 경사를 이루는데 할머니가 어린아이 손을 잡고 동네 마실 다니듯 서서히 오르다 보면 어느 순간 정상에 도달하게 되는 길이다.

산꼭대기 정상 표지석을 배경으로 기념 촬영을 했다. 평소 자연스러웠던 표정도 카메라 앞에만 서면 굳어지는 내 모습이 주위에 있던 사람들에게도 어색하게 보였나 보다. 나를 보며 웃으라고 한다. 우리는 기념사진을 찍은 다음, 정상으로부터 약간 내려간 곳에 자리를 펴고 점심을 했다. 두 사람이 풀어 놓은 도시락이 진수성찬이다.

이번 산행에 동행한 H는 나와 같이 외벌이 가장이다. 대부분의 외벌이 가정이 그렇듯 가정에서 경제권은 여자에게 있는 경우가 많다. 하지만 외벌이라 해서 금전 문제로 생각이 복잡해지는 일은 그리 많지 않다. 오히려 가용 범위 내에서 살아가야 하기 때문에 서로에게 늘 조심스러워지는 것이 현실이다. 우리는 싸 온 도시락을 서로 맛있게 나눠 먹으며 반주까지 한 잔씩 하고 식후에는 커피도 마셨다. 커피 향이 코끝으로 행복을 연신 날라다 준다. 시원한 바람이 온몸을 간질인다. 잠시 세상사 잊고 자연과 하나됨을 느낀다.

인간관계를 수수(授受) 관계라고 말하는 사람이 많다. 사람은 다양한 관계 속에서 살아가기 마련인데 이러한 관계 속에서 무엇인가를 서로 주고받으면서 세상 고락을 함께한다는 뜻에서 나온 말이리라. 하지만 수수 관계의 본질은 자신의 본성과 이기적 관점에 우선하기 때문에 물질 문제에 있어서는 이해관계가 더욱 복잡해진다. '돈이라면 마귀도 마음대로 부린다.'는 일본 속담처럼 돈 문제에서는 누구도 자유로울 수 없기 때문에 주고받는 일에 더욱 익숙해 질 수밖에 없을 것이다. 그러나 부부관계까지 돈으로 해결하려는 풍토는 조금 지나치지 않을까 하는 생각이 든다.

우리는 네 시간여의 산행을 마치고 출발지였던 봉래초교 거운분교 앞에 도착했다. 산행을 일찍 시작한 관계로 오후 시간이 많이 남아있어서 무엇을 하나 더 할까 고민하다가 동강에서 래프팅을 즐기기로 했다. 진탄나루를 출발한 우리는 가이드의 안내에 따라 노를 젓기도, 보트 위에 올려놓기도 하면서 편안하게 어라연 풍경에 빠져들어 갔다. 가이드는 보트를 호젓한 곳에 대고 우리에게 어라연에 얽힌 이야기를 들려주었다.

나는 어라연의 이야기를 듣기보다는 내가 머무는 곳으로 쉼 없이 흐르는 물살을 바라보고 있었다. 물은 어떠한 상황에서도 막힘이 없다. 높은 곳은 채워서 넘고 낮은 곳은 자연스레 흘러 넘는다. 가다가 장애물이 있으면 돌아가고 비켜 가기도 하지만 한번도 남을 탓하거나 화를 내지 않는다. 너른 곳에 이르면 자만하지 않고 주변 풍경을 모두 자신의 품 안으로 끌어들여 한 폭의 멋진 수묵화를 그려낸다. 어둡고 굴곡진 곳을 지날 때면 아름다운 화음을 만들어 두려움을 극복한다. 천길 벼랑 끝에 서서는 이산의 아폼을 노래하다가도 낙하 뒤에는 이내 한자리에 모여 애락을 함께 한다. 물은 절대로 흩어지지 않고 모이는 습성이 있다. 어디 그뿐이랴, 물은 자신을 희생하면서 다른 생명을 키우지만 결코 누군가로부터 보상을 요구하지 않는다. 남의 주장을 억제하거나 자기 생각만을 고집하지도 않는다. 오직 베푸는 것만으로 자신의 존재감을 드러낼 뿐이다. 한참을 흐르는 물살에 기대어 생각에 잠겨있는데 가이드의 힘찬 구령이 떨어진다. 우리는 다시 힘을 모아 '영차'를 따라서 했다. 보트 안의 사람들은 물에 흥건히 젖어있었지만 마냥 행복한 표정이다.

급류 지역을 지나자 강물은 다시 평온을 되찾았다. 나는 작은 보트 위에서 인생을 낚는 어부가 되어 미명(未明)에서 광명(光明)까지의 거리를 재고 있었다. 잣봉 주위를 빙글빙글 돌아 흘러내리는 동강의 맑은 물은 주변 환경과 한번 스쳐 지나는 인연일 수도 있지만 사랑 그 수수함에 대해서는 많은 진실을 쏟아내고 있다. 특히 사랑하는 사람들에게 전하고자 하는 메시지가 큰 것 같다. 사랑하는 사람은 자리이타(自利利他)의 정신으로 행복의 공동체를 만들어 간다. 그것을 실천하기 위해서는 상호 계산적인 이해관계가 아니라 정이 우선시 되었을 때 사랑의 깊은 감정으로 표현된다. 그래서 사랑의 수수 관계란, 주는 것으로 만족하고 받는 것으로 감사하되 도를 넘어서는 안 되고 편안한 마음으로 제 분수를 지키며 만족할 때 느끼는 마음 구조라 생각한다.

모든 일정을 마치고 차에 오르는데 손전화기 진동음이 느껴진다. 모처럼 강원도까지 갔으니 영월 문곡리 횟집에 가서 송어회 많이 들고 오라는 집사람의 전화였다.

질주 — 본능

뭉게구름이 강물 위에 사뿐히 내려앉았다. 강물에 몸 담근 하늘 물상은 기이한 모습으로 묘한 매력을 느끼게 한다. 하늘과 땅의 조화는 신을 향한 인간의 순수처럼 절대 신비로움으로 가득했다. 자연에 대한 감성 분위기가 최고조에 오른 날, 경인 아래뱃길 자전거 길을 찾았다. 생명이 살아 숨 쉬는 곳곳에 지어진 편의시설은 자연과 대칭을 이루며 오가는 길손을 맞기에 분주하다. 자전거 길은 강변의 아름다움을 대표하듯 아주 예쁘게 정비되어 있었다. 강변도로를 따라서 페달을 힘차게 밟았다. 아직은 자전거 타는 일이 익숙하지 않아 몸과 차체가 일체감을 이루지 못하여 불편하기도 했지만 새로운 것을 보고 즐기기에는 딱 좋았다. 자전거를 타는 동안은 어떤 생각도 떠오르지 않고 오직 달리는 일에만 몰입할 수 있다. 한참을 달리는데 체형이 아주 작은 40대 중반의 여인이 가볍게 추월하여 지나간다. 나는 본능적으로 속도를 내서 따라갔다. 그러나 10분여를 계속해서 쫓아가는 데도 좀체 간격이 좁혀지지 않는다. 앞서가던 여인은 이러한 나의 마음을 꿰뚫고 있었던지 오히려 간격을 더 벌리며 쏜살같이 달려 나간다. 결국 나는 그 여자를 따라 잡지 못하고 간이 쉼터에서 쉬어야 했다.

집으로 돌아오는 동안 내내 그 상황이 자꾸 머릿속에서 맴돌았다. 그도 그럴 것이 나는 초등학교 때부터 대학까지 줄곧 운동선수로 활동하였고 사회생활을 하면서도 늘 운동을 해왔는데 경쟁 아닌 경쟁에서 뒤졌다는 사실이 이해되지 않았다. 엉덩이는 자전거에 대한 적응이 덜 되어서 그런지 안장통이 심했다. 저녁에는 제대로 잠을 이룰 수 없을 정도였다. 며칠 후, 자전거 수리점에 가서 타이어를 산악용에서 도로용으로 바꾸었다. 타이어 폭이 좁아지면 지면과의 마찰이 최소화되고 공기저항이 적어서 속도를 올리기에 아주 좋다는 얘기를 들었기 때문이다. 다시 실전에 나섰다. 이번에는 거침없었다. 내 앞에서 달리는 사람은 모두 추월하며 질주 본능을 유감없이 발휘했다. 빨리 달리는 일에서 짜릿한 쾌감을 느꼈다.

가을 날씨가 하루 만에 겨울로 바뀌었다. 외부 온도가 영하 7도를 오르내린다. 이번 라이딩은 양평역을 출발하여 강천보까지 100여 리를 왕복하기로 했다. 차가운 강바람이 선글라스를 스쳐 떨어질 때는 양 볼이 얼얼했다. 한참을 달리다 보니 볼도 볼이었지만 손끝이 시려서 손가락을 제대로 오므리고 펼 수가 없다. 하지만 여주 강변을 지날 때는 어느 정도 추위에 적응되면서 주변 풍경이 눈에 들어왔다. 세계 어느 나라에 내놓아도 결코 뒤지지 않을 멋진 길이 계속해서 이어졌다. 어느 곳에서는 끝점이 보이지 않을 정도로 도로가 곧게 나있기도 했다. 사람이 많지 않은 도로에서는 온 힘을 다해 페달을 밟았다. 빠르게 달릴 때는 시속 50km가 넘는 속도감도 즐겼다. 앞서가던 사람들은 모두 내 뒤로 밀어냈다. 오직 달리는 일에만 집중했다. 그런데 어느 순간 내 옆으로 자전거 한 대가 쏜살같이 지나간다. 나는 긴장하고 앞 자전거에 따라 붙이려 했다. 이제는 어느 정도 자신감도 생겼기 때문이었다. 하지만 헛수고였다. 페달을 밟을수록 앞사람과의 간격은 더 벌어졌다. 지난번과 같은 상황이 그대로 반복되었다. 설상가상으로 이번에는 타이어가 굴곡진 도로면에 강하게 충격을 받으면서 펑크가 났다. 어쩔 수 없이 자전거를 끌고 가야 했다. 그런데 아무리 걸어도 자전거 수리점이 보이지 않는다. 거의 한 시간을 이탓저탓하며 걸었다. 짜증이 도를 넘어갈 무렵 내 옆을 지나가던 한 사람이 자전거를 멈추더니 기본 공구를 꺼내 수리를 해주고는 환하게 웃으면서 떠나갔다. 자전거에 대해서는 오직 타는 것밖에 몰랐던 내게 그 사람은 차체에 대한 상식과 많은 교훈까지 남기고 갔다. 예기치 않은 곳에서 생면부지의 사람으로부터 도움을 받고 나니 고마움과 미안함이 동시에 느껴졌다.

나는 다시 자전거에 올라 페달을 밟기 시작했다. 이제는 아주 천천히 가리라 다짐하고 나만의 우아한 멋을 만들어가며 조금씩 나아갔다. 사고 전까지만 해도 달리느라 주변을 제대로 관망하지 못했는데 이제는 주변 경치가 하나둘 눈에 들어오기 시작했다. 자전거 길 주변의 온갖 것과 교감을 나누며 달렸다. 물 위에는 오리 떼가 겨울 낭만에 흠뻑 빠져 있고, 강변에 심겨진 갈대는 갈색 머리를 흔들며 지나는 객을 반긴다. 황금 옷에 은색 비늘을 매단 바람난 강물은 한번 일렁일 때마다 관능미가 넘쳐흐른다. 재두루미는 물고기 한 마리를 낚아 올리더니 천하를 얻은 듯 아주 거만하게 부리를 흔들다가 이내 입안으로 쏙 집어넣는다. 나는 볼거리가 있는 곳에서는 제자리에 서서 한참을 들여다보고, 들을 것이 있는 곳에서는 귀를 집중해서 소리를 들었다. 사진도 찍고 간식도 꺼내서 들어가며 여유 있게 진행 방향으로 자전거를 몰아갔다. 이전에 보지 못했던 다른 세상이 보이기 시작했다. 무엇보다도 나의 지난 시절과 교감이 이루어졌던 점이 큰 보람이었다.

나의 질주본능은 초등학교 때부터 시작되었던 것 같다. 운동선수로 출발한 어린 시절은 오직 앞만 보고 달렸다. 결과는 늘 다른 사람 앞에 있어야 했고 행여 다른 사람 뒤에 서는 것은 용납되지 않았다. 비록 한번이라도 다른 사람에게 뒤지면 곧바로 반격에 나서서 기어이 내 뒤로 돌려세우곤 했다. 그때 시작된 승부 근성은 직장에 다니면서도 유감없이 발휘되었다. 다른 사람이 따라오기 힘들 정도로 에너지를 발산하며 앞으로 내달렸다. 당시는 힘의 질주만이 삶의 질을 상승시키는 유일한 대안이라고 믿었다. 이러한 질주 본능이 자전거를 타면서 다시 본색을 드러낸 것 같다.

천천히 자전거를 타고 있는데 앞서 추월해 갔던 사람이 돌아오고 있다. 허리를 거의 직각으로 굽힌 상태에서 힘차게 페달을 밟는데 상체 움직임이 거의 없고 두 다리만 상하로 분주하게 움직인다. 오직 타는 일에만 매달려 있는 듯했다. 하지만 이제는 그 사람을 보는 관점이 달라졌다. 어차피 산악용 자전거로는 도로용 자전거를 잡을 수 없다는 것을 알았고 무엇보다 즐기는 일에 경쟁이 왜 필요한 것인지에 대한 생각이 내 안에 들어와서 고민하고 있었기 때문이었다. 얼마 전까지만 해도 그들의 주력이 부러웠지만 이제는 하나도 부러운 게 없다. 오히려 한곳만 바라보며 달리는 그가 안쓰럽기까지 했다. 짧은 시간 내게 일어났던 일은 자전거가 고장이 나서 잠시 쉬었을 뿐인데 생각은 완전히 바뀌어 있었다.

매 순간 인생을 살아가면서도 인생을 알지 못하는 것은 대단히 이율배반적인 일이 아닐 수 없다. 비록 짧은 한 생각이었지만 새로운 인생을 알았다는 만족감에 하루를 기분 좋게 마무리할 수 있었다.

미운 사랑 ― 체르고리

어둠의 장막을 열고 천천히 앞으로 나아갔다. 발끝에 걸리는 풀숲의 부드러운 촉감이 여행객의 설렌 마음을 더욱 두근거리게 한다. 억겁의 세월 동안 쉼 없이 흘러내리는 빙하 계곡에는 천상(天上)의 역사가 전해지고 부챗살 모양으로 펼쳐진 히말라야 준봉은 대자연의 경이를 느끼게 한다. 어둠 속에서 눈에 불을 쓰고 방문객을 경계하는 야크 떼의 모습이 이국의 풍경을 실감하게 한다. 발목을 넘지 않는 시내를 건너 옷매무시를 가다듬을 즈음, 하늘 문이 열리면서 신의 빛이 인간세계로 내려온다. 설산은 온통 황금 광택으로 치장하고 띠구름 한 점 바람에 실려 해맑은 웃음으로 달뜬 영혼을 맞이한다.

내를 건너고서 본격적인 산행이 시작되었다. 발걸음은 경쾌하고 몸은 새의 날개를 단 듯 가볍다. 네팔에 와서 하루 세 시간 이상 잠을 잔 적이 없지만 하루하루 새로운 곳을 걸을 때면 어디서 힘이 솟는지 항상 가뿐했다. 한순간도 눈을 뗄 수 없이 경이롭게 다가오는 히말라야의 눈경치가 사방에서 펼쳐진다. 급경사의 아찔함은 예전에 경험할 수 없었던 또 다른 발맛을 느끼게 한다. 언 땅을 지나니 눈길이 이어진다. 그렇지 않아도 지진으로 경계가 불확실했던 소로가 눈까지 덮여 있으니 좀체 어디로 가야 할지 가늠할 수 없다. 다행히 앞서 간 사람들이 쌓아 놓은 작은 돌탑을 따라가다 보니 능선에 다다를 수 있었다.

칸진곰파에서 체르고리 정상까지의 고도는 대략 1,200m이다. 걷다 쉬다를 반복하여 숨이 멎을 듯한 상태에서 목적지에 도착했다. 출발지로부터 4시간 20분이 걸렸다. 체르고리 정상에 서니 온 우주가 밀려와 마음에 박힌 듯 아무 생각이 나지 않는다. 현재의 눈높이에서 히말라야의 준봉을 수평으로 바라볼 수 있다는 사실만이 나를 감동하게 한다. 격한 감동에서 서서히 벗어날 즈음 주위 경관이 하나둘 눈에 들어온다. 마음을 추스르고 감사의 기도를 올린 다음 가이드와 함께 사진 몇 장을 찍고 있는데 외국인 서너 명이 정상에 올라왔다. 힘들어하는, 그러면서도 함박웃음을 짓는 그들을 보며 그들도 조금 전 내가 느꼈던 감정 그대로를 마음속에 품고 있을 거라 짐작했다. 그들과 나는 일상에서 맛볼 수 없는 신비감에 빠져들었다. 하지만 한 가지 아쉬움이 있었다. 체르고리봉의 높이는 4,980m였다. 나는 힘차게 하늘 높이 뛰어올랐다. 그리고는 큰 소리로 "여기가 오천"하고 소리를 질렀다.

반 시간 정도 정상에 머물다가 하산하기 시작했다. 나는 가이드를 먼저 내려보내고 혼자서 걸었다. 조금 전까지는 설산을 아래에서 위를 올려다보는 형국이었다면 이제부터는 위에서 아래를 내려다보는 상황이 되었다. 눈 아래로 펼쳐지는 풍경 하나하나는 태어나 처음으로 느껴보는 아름다움의 결정체(結晶體)였다. 이웃과 어깨를 나란히 하는 각각의 봉우리는 이따금 구름을 끌어들이기도, 밀어내기도 하면서 동적 감흥을 키워가고 있다. 나는 때때로 아름다운 경치에 넋을 잃고 현상을 제대로 바라보지 못하는 착시현상까지 느끼기도 했다. 순간을 포착하여 사진을 찍고, 떠오른 생각을 수첩에 옮겨 적기도 하면서 천천히 산 아래로 내려가기 시작했다. 스스로 던진 질문에 만족하며 흐뭇한 표정을 지으며 걸었다. 그 순간만큼은 세상의 모든 언어가 '아름답다'라는 하나의 독립어로 생각될 만큼 정신이 온통 한곳으로 쏠려 있었다. 하지만 아름다움과 고통은 종이 한 장이라고 했던가. 아차 하는 순간, 나는 급경사 아래로 내동댕이쳐졌고 찰나와도 같았던 산상 여행의 감흥은 거기까지였다.

히말라야의 환영(幻影)에 크게 상처를 입은 나는 우선 현장 수습이 급했다. 경사면 아래쪽에 위태하게 걸린 선글라스와 스틱을 주워 올려야 했고 매무시도 추슬러야 했다. 가까스로 장비를 챙기고 나니 조금 전에 보았던 환상적 풍경은 흐릿해서 더 바라보기가 힘들었다. 장갑 낀 손으로 얼굴을 슬쩍 훔치니 피가 흥건하게 묻어 나온다. 평소 익혀두었던 응급상황에 대한 학습 동작으로 피를 멈추게 하려고 했지만 피는 좀체 멎지 않는다. 숙소까지 남은 거리를 계산해 보니 두 시간은 족히 걸릴 것 같은데 아득하기만 하다. 한쪽 눈이 완전히 가려지면서 공간 감각이 떨어지고 급경사에서 오는 불안감은 더욱 가중되었다. 그래도 위기를 벗어나기 위해서는 숙소까지 가야만 한다. 흐르는 피는 스포츠 타월 한 장을 다 적시고도 멈추지 않는다. 허둥대며 내려가고 있는데 희미한 영상 하나가 계속해서 나를 따라오는 것 같다. 움찔하는 몸의 반응과 함께 주변을 살폈지만 내 주위에는 아무것도 없다. 히말라야 오지에 나 혼자 있다는 사실에 소름이 돋는다. 한참 후에야 영상의 실체가 나의 그림자임을 알게 되었을 때, 나는 본질을 외면한 현상 집착에 대한 어리석음이라 생각했다. 사고 지점으로부터 두 시간 삼십 분 만에 숙소가 있는 마을까지 내려왔다.

마을에 도착해서는 숙소를 찾지 못해 이리저리 방황했다. 그도 그럴 것이 늦은 밤에 숙소에 도착해서 이른 새벽에 출발했으니 지형을 제대로 알 리가 없었다. 가뜩이나 조급한 마음이 들어 불안감이 높아 가는데 마을 주민 한 분이 다가와 내 손을 꼭 잡고 안내했다. 롯지에 와서 휴식을 취하는데도 피는 계속해서 흘러내렸다. 동료 K1은 이런 나의 모습을 보고는 말 반 울음 반, 젖어 있다가 밖으로 나갔다. 감당할 수 없는 감정이 솟구친다. 숙소 여주인은 피에 젖은 수건과 장갑을 깨끗이 빨아 주며 자신의 수건을 내주었다. 포터 S는 곁에서 근심 어린 표정으로 상처 부위 지혈을 위해 애쓰는 모습이다. K2는 안경과 카메라에 묻은 피를 수건으로 닦아 놓는다. J는 헬기를 부르기 위해 동분서주하다. 주위 분과 동료의 덕분으로 헬기에 탑승했다.

헬기는 고도 관계로 높이 날지 못하고 계곡의 좁은 지형을 따라서 비행하는데 한 마리 새와 같다. 노련한 조종사의 비행 덕에 카트만두 국제병원에 무사히 도착할 수 있었다. 응급처치가 끝나고 병실에 홀로 남겨진 나는 외로움의 골에서 방황하는 신세가 되어 또 다른 고민과 마주했다. 체르고리에서 나를 따라다니며 마음을 흔들어놓았던 그림자가 그곳에 다시 나타났다. 나는 형체도 없는 그림자와 싸우면서 본래의 나를 찾기 위해 노력했다. 밤새 한숨도 자지 못하고 이리저리 몸을 뒤척이다 날이 서서히 밝아올 즈음 나는 그림자에 대한 추억 하나를 떠올리게 되었다. 어릴 적 그림자놀이를 하면서 상대의 그림자를 잡기 위해 뛰어다니다가 제풀에 지쳐 맥이 풀렸을 때 순간적으로 친구의 허리를 움켜잡고는 그림자의 실체가 사람의 몸이었음을 알고 그렇게 좋아했던 일이 있었다.

하산 중에 나를 따라다니며 괴롭혔던 그림자의 실체는 바로 나의 육체였다. 그런데 왜, 나는 나의 그림자를 보고 두려워했을까? 육체는 그림자를 만들어 낸 실체임에 틀림없지만 육체는 다시 영혼의 허상이었고 나는 그 허상의 그림자를 보았기 때문이 아니었을까. 결국 내가 두려워했던 것은 육신의 그림자에 대한 두려움이 아니라 영혼의 그림자인 육신에 대한 두려움이었다. 그래서 그림자는 내가 살아온 지난날에 대해 아쉬움이기도 했고 미래에 대한 불확실성으로 이어져 이것이 삶의 끝점이라면 너무나 안타까울 거라는 예측을 미리 하고 있었던 것이다. 이는 사람들이 죽음을 두려워하는 두 가지 요인이기도 하다. 어느 시점에서, 지난 시간 동안 좀 더 진지하게 세상을 살았어야 했는데 그렇지 못한 점에 대한 회한과 무계획적인 삶에서 오는 미래에 대한 불확실성이다. 다행히 나는 그림자를 통해 내 안의 본질과 이성의 조합법을 알게 되었고 과거의 영혼을 통해서 미래의 영혼을 내다볼 수 있는 상식을 얻었으니 비록 큰 상처와 맞바꾼 교훈이었지만 긍정적으로 받아들일 만한 일이라 생각되었다.

미운 사랑, 체르고리는 내가 살아있는 동안 결코 잊을 수 없는 깊은 메시지를 전달 받은 곳이기도 하다는 점에서 좋은 감정으로 내일을 맞이할 수 있을 것 같다.

오지 마을의 ─ 성자

"또, 가려고요?"

키르기스스탄을 가기 위해서 항공권 예매를 했다고 하니 집사람이 대뜸 한마디 한다. 예견된 일이라서 크게 당황하지는 않았지만 '또 가려고요?'에 대한 대답은 해야 할 것 같다. 내가 히말라야에 자주 가는 것은 분명한 이유가 있다. 숨 가쁘게 이어지는 일상에서 잠시 여유를 찾기 위함이다. 날마다 반복되는 생활에서 느긋하고 차분하게 생각하며 행동할 수 있는 능동적 심리 상태를 갖는 일이 필요해서다. 나는 시간, 공간 속에서 마음을 비우는 일이 진정한 자유에 이르는 길임을 잘 알고 있다. 따라서 무언가를 찾아서 떠나는 일은 그 속에서 위안을 받고자 하는 또 다른 이유이기도 하다. 또한 낯선 곳에서는 스쳐 지나는 사람들에게 내가 어떤 모습을 보일지, 대상에 대해 어떤 태도를 취할지 고민 없이 자유로워서 좋다.

하지만 집사람의 생각은 나와 다를 수 있음을 인정한다. 얼마 전에 히말라야 체르고리봉에서 하산하다가 부상을 입고 헬기로 긴급 후송되어 카트만두 병원에 입원했던 일, 응급 상황으로 귀국 하여 대학병원에서 큰 수술을 받았던 일이 먼저 떠올랐을 테니 부 정적인 답변은 당연하리라 생각한다.

문화센터 수강생 중에는 나이가 80이 넘은 분이 많다. 그들 중 상당수는 산업사회의 빠른 변화 속에서 자신을 살피지 못하고 바 삐 살다가 인생 황혼이 되어서야 새로운 삶을 위해 찾아 왔다고 한다. 그간의 삶이 얼마나 아쉽고 안타까울지 동정이 간다.

나 어릴 적, 동네 어르신의 기준은 환갑 나이로 구분했다. 환갑 이 지나면 자연스레 노동에서 해방되고 마을 사람들에게는 멘토 역할을 했다. 마을 사람들은 일상사 옳고 그름에 관해서 조언을 구하고 그의 충고는 곧 지침이 되어 따랐던 기억이 있다. 요즘 세 상에서는 감히 상상조차 할 수 없는 일이다. 그렇다면 과거나 현 재의 시간에 차이가 있는 것일까? 그렇지는 않다. 그때나 지금이 나 시간의 길이는 똑같다. 다만 같은 시간을 내 중심으로 쓰느냐, 세상 중심에 쫓겨 쓰느냐의 차이일 뿐이다.

요즈음 히말라야 오지에 사는 사람들은 나이가 60만 되더라도 지덕이 뛰어나 많은 사람에게 존경을 받는 이가 꽤 있다. 그들은 생각이 유연하고 자기 분수를 제대로 안다. 그들은 철저하게 자연과 함께하며 자연의 순리에 따라서 모든 행동을 결정한다. 많은 시간 묵언(默言) 중에 소통하고 사색과 상상을 바탕으로 세상에 접근한다. 그러다 보니 자연스레 생각이 깊어질 수밖에 없고 모든 것에 막히지 아니하니 잘 통할 수밖에 없다. 인생을 아주 천천히 살아가기 때문에 그들에게 반백(半百)의 삶은 문명사회에서 온백[白壽]을 사는 사람보다 지혜와 덕이 뛰어나 상대적인 만족감이 더 크게 나타난다.

히말라야의 높은 산은 그 자체로도 아름답지만 그의 품에 안겨 있을 때 거기에서 오는 포근함은 지친 육신과 영혼을 편안케 한다. 물질문명이 고도화 된 사회에서 살고 있는 사람들은 기계 중심으로 타자(他者)의 계획에 철저하게 끌려 다니는 삶을 살고 있다. 그러니 백 살을 산다 해도 사유(思惟)의 이성 작용은 크게 높아질 수가 없다. 결국 문명화된 사회에서 사는 사람이 히말라야에 사는 사람보다 평균연령에서는 오래 산다고 볼 수 있겠으나 깨달음의 수명은 히말라야에 사는 사람이 훨씬 앞서 있다고 볼 수 있다.

안나푸르나 트래킹 도중, 잠시 인연이 되었던 어느 노인의 모습이 자주 생각난다. 생면부지의 방문객을 향해 차를 권하던 평화로움과 떠나가는 관광객 뒤에서 손을 흔들어 주는 여유는 나 자신을 겸허하게 했고 설레게 했다. 무엇보다도 가던 길 아쉬워 뒤돌아보았을 때, 관광객이 밟고 지나간 야생화를 손으로 받쳐 들고 웃음

짓던 모습은 이 시대를 살아가는 인자(仁者)의 대표 모습이었다.

　내 삶이 초라하게 느껴질 때, 자신감 없이 마음이 초조해질 때, 내 마음은 어느새 세계의 오지마을로 달음질친다. 안나푸르나 노인과의 인연을 더듬으며….

5장

좋은 글을
위한 사족

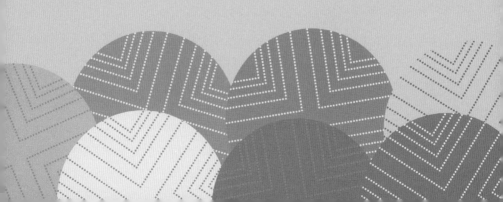

생각의 — 정돈에 대하여

강의를 마치고 영상 장비를 챙기는데 수강생 한 명이 찾아왔다. 그는 '선생님께서 좋은 글을 짓기 위해서는 생각을 많이 해야 한다.'고 했는데 그 말에 대해서 묻고 싶다고 했다. 수업 중에 전한 얘기를 물은 것이다. 그러면서 자기는 그 말이 이해되지 않는다고 했다. 세상에는 자기보다 더 많은 생각을 하며 사는 사람은 없을 것 같은데, 자기는 글을 쓰려고 자리에 앉기만 하면 머리가 텅 비고 오히려 쓸데없는 생각이 가득해진다는 것이다. 수강생의 입장에서 생각해 보면 충분히 이해가 가는 말이다. 이러한 질문은 글을 처음 배우는 사람에게서 자주 듣는 말로 대부분 그 내용이 바로 드러나기 때문에 쉽게 대답 할 수 있다.

중국의 구양수는 좋은 글을 짓기 위해서는 많이 헤아려 생각해야[多商量] 한다고 했다. 그는 다상량의 방법으로 마상(馬上), 침상(枕上), 측상(厠上)을 들어 설명했다. 언제 어디서나 사물을 깊이 관찰하고 떠오르는 생각을 의미화 하여 주제를 끌어내야 한다는 말이다. 그러나 사람들은 과잉 생산된 자기 생각에 빠져서 생각이 자기를 다루도록 방치하는 경우가 많다. 이는 생각의 정돈이 되어 있지 않아서 그렇다.

글쓰기에 있어서 생각의 정돈은 아주 중요하다. 좋은 글이란 어떤 생각에 대하여 검토·분석·비판·구체화의 과정을 거쳐 독자에게 해결책을 제시하는 글을 말한다. 그러기에 좋은 글을 짓기 위해서는 그때그때 떠오른 생각을 가지런히 정돈하여 모을 것은 모으고 버릴 것은 버릴 줄 알아야 한다. 생각이 정돈되지 않은 사람의 주장은 논리적이지 못하다. 논리적이지 못한 글은 중언부언(重言復言)하기 쉽고 문장의 통일성과 연결성도 부족하여 불명확한 글이 되기 쉽다. 나는 가끔 생각의 정돈을 댐이나 컴퓨터에 비유한다.

댐은 일정량의 물을 항상 가두고 있어서 가뭄에는 물 부족 현상을 해소할 수 있고 장마로 많은 비가 예상될 때는 사전에 물을 방류하여 범람을 예방하기도 한다. 글 쓰는 사람은 많은 생각을 떠올리되 사안에 따라서는 문제를 내 안에 가두기도, 밖으로 보내기도 해야 한다. 생각을 정리할 줄 아는 사람은 생각이 많아서 고민에 빠지는 일은 없을 것이며 생각이 모자라서 아무 일에나 맹목적으로 덤비는 일도 없겠다.

컴퓨터가 생활화된 요즈음 우리는 컴퓨터 안에 폴더라는 걸 만들어 사용한다. 폴더는 각종 자료를 일목요연하게 정리하여 보관할 수 있다. 필요한 자료는 언제든지 쉽게 꺼내서 쓸 수 있고 불필요한 자료는 미련 없이 버릴 수도 있다. 자신이 만든 폴더 속에는 많은 양의 자료가 입력되어 있지만 사용자의 실수 없이는 자기들끼리 서로 엉키거나 충돌하지 않는다. 고도의 정보화 사회를 살아가는 사람들에겐 컴퓨터의 폴더와 같은 생각의 모음이 필요하다. 내 머릿속에 떠오르는 수많은 생각의 파편을 목적에 따라, 종류에 따라, 혹은 필요에 따라 구분할 줄 아는 능력이 중요하다. 또한 불필요한 생각은 미련 없이 버릴 수 있어야 한다. 사람의 머릿속에 부정적인 생각이 오래 머문다면 그 사람의 정신작용은 상처를 입게 될 것이고 삐뚤어진 행동을 유발할 수 있기 때문이다.

우리 주변에는 생각의 정돈을 아주 잘하는 부류의 사람이 있다. 정신과 의사와 성직자이다. 얼핏 생각하기에 그들은 직업상 스트레스를 많이 받을 것으로 예상된다. 그들은 여러 사람에게서 종일 같은 얘기를 반복해서 들어야 하고 앞뒤가 연결되지도 않는 말을 이어가야 하며 때로는 상대방을 설득시키기도 해야 한다. 그러나 이런 사람들이 스트레스에 걸리는 경우는 대단히 적다고 한다. 정신과 의사는 신념으로 문제를 해결하고 성직자는 신앙으로 어려움을 극복하기 때문이다.

혹자는 '마음을 내가 원하는 대로 끌고 갈 수 있다면 그게 어디 사람인가.' 하고 묻는 사람도 있다. 하지만 만물의 영장이라는 사람이 할 수 없는 일은 또 무엇이겠는가. 생각을 정돈하는 방법으로 '경중완급(輕重緩急)'을 활용하는 것도 좋을 것이다. 경중완급의 습관은 머릿속에 복잡하게 얽혀있는 여러 문제를 사안에 따라 네 가지로 나누어서 어느 일은 가볍게 처리하고 어느 일은 비중 있게 처리할 것이며 또 어느 일은 뒤로 미루어서 천천히 하고 어느 일은 시간을 다투어 해야 할 것인지를 나름대로 나누어 처리하는 생활습관이다. 물론 처음부터 자기가 원하는 대로 생각을 정리할 수는 없을 게다. 하지만 우리가 가정에서 콩나물을 기를 때 콩나물통에 물을 주면 물은 모두 아래로 흘러내리지만 콩나물은 계속해서 자라는 것을 볼 수 있다. 우리의 생각도 바로 이런 변화의 원리를 믿고 꾸준히 노력하면 좋은 생각은 오래도록 머릿속에 붙들어 매 놓을 수 있고 유쾌하지 못하거나 부정적인 생각은 언제든지 밖으로 내보낼 수 있지 않을까 하는 생각을 해 본다.

하루를 마무리하는 시간, 방안의 불을 끄고 조용히 자리에 앉았다. 눈을 감으니 명상음악 '물속의 달그림자'가 방안 가득 넘쳐흐른다. 나는 머릿속에 들어 있는 '아름다운 생각'이란 폴더를 열었다. 그러자 수십만 평의 야생화 밭이 활짝 펼쳐진다. 나는 그들의 환영을 받으며 꽃길을 걸었다. 30분 동안의 산책을 마친 나는 잠자리에 들었다. 그날 밤 나는 그곳의 꿈을 꾸었다. 다음 날 나는 그동안 미뤄왔던 원고를 출판사로 기분 좋게 보낼 수 있었다.

시건방진 — 한 마디

인터넷 활용이 생활화 된 요즘, 표준어와 비표준어를 구별하지 않고 사용하는 사람이 늘고 있다. 심지어 어떤 사람은 언어를 생물에 비유하며 언제든지 변할 수 있는 것쯤으로 생각하고 비표준어 사용을 고집하는 경우도 있다. 하지만 말에는 언격(言格)이 있어서 아무리 좋은 의견이라도 격에 맞지 않으면 품위를 잃는다. 또한 많은 사람이 시대적 유행에 따라서 비표준어를 고집한다면 그 사회의 언어생활은 혼란에 빠질 것이다. 우리가 사는 사회는 사회질서를 지키기 위한 규범이 있다. 따라서 시민은 어떠한 일을 행동으로 옮길 때 자의적인 판단보다는 그 사회에서 요구하는 기준 규범의 범주 내에서 생활해야 한다. 맞춤법은 언어생활에서 우리가 지켜야 할 법규이다. 따라서 언중(言衆)은 평소 자신이 사용하는 단어의 의미와 용법을 제대로 알고 바르게 사용하는 습관을 가져야겠다.

나는 가까운 사람과 대화를 나눌 때 가끔 시건방지게 말참견하는 버릇이 있다. 일종의 직업병이라고나 할까?

지난 스승의 날에 한 제자가 찾아왔다. 그는 행동거지가 바르고 용모가 단정한 부인과 갓 돌이 지난 아이를 대동했다. 때가 되어 인근 식당으로 자리를 옮겼다. 음식을 주문하고 기다리는 동안 우리는 천사의 재롱에 푹 빠졌다. 젖먹이는 한순간도 쉬지 않고 귀여운 몸놀림으로 자신의 의사를 표현하고 있었다. 곁에 있던 아기 엄마는 작은 표정 하나라도 놓칠세라 애쓰는 모습이 역력했다. 잠시 후 아기가 용변을 본 것 같다. 아기 엄마는 남편을 불러 용품을 찾았다. "오빠, 저쪽 가방에서 그거 하나 주세요." 한다. 식사를 끝내고 커피를 마시고 있는데 아기 엄마가 "오빠, 애기가 '엄마'라고 했다." 하고는 대견스러운 표정을 짓기도 했다. 잠시 후 나는 아이와 눈빛으로 하나가 되었다. 처음엔 이방인을 바라보는 시선이 어색했던지 고개를 이리저리 돌리기도 했지만 그는 이내 내 눈빛에 맞추어 예쁜 웃음으로 화답했다. 나는 아이와 몸짓으로 감정 교환을 하다가 조심스레 한마디 했다. "어휴, 이 녀석, 귀엽기도 해라. 근데 나중에 커서 족보 따지려면 좀 힘들겠는걸!" 옆에 있던 제자는 얼른 그 말을 알아듣고 "선생님, 죄송합니다." 하고 얼굴을 붉혔다.

직장 동료와 식사를 하기 위해서 한식 전문점에 갔다. 식당은 매우 분주했다. 앉을 자리가 없어 번호표를 뽑아서 기다려야 할 정도였다. 한참 후, 자리를 잡고 식사하는데 옆자리에 앉아있던 친구가 도우미를 불러 이것저것 요구했다. 친구는 그날의 도우미를 '언니'라 불렀는데 20대 후반쯤 되는 아가씨였다. 도우미 역시 '언니'라는 말에 전혀 어색함 없이 편안하게 대했다. 오히려 그 아가씨는 우리에게 아버님이라는 호칭으로 응했다. 옆자리에서는 도우미를 언니 대신 이모라고 부르기도 했다. 하지만 헝클어진 호칭에 대해 어느 누구도 불편하게 생각하는 사람은 없었다. 식사가 끝날 즈음 나는 친구에게 "언제부터 손아래 언니 두고 살았어?" 친구는 머쓱해 하며 "여기요, 물 한 잔 더 주세요." 한다.

문화센터 강의가 있던 날, 강의를 마치고 귀가 중이었는데 수강생 몇이 차나 한잔 하고 가자고 한다. 찻집에서 이런저런 얘기 끝에 자녀 얘기를 나누게 되었는데 옆에 있던 한 사람이 나에게 한마디 했다. "쌤, H 아이가 요즈음 '썸 타고 있는 중'이래요!" 나는 웃으며 말했다. "나는 원어민 선생님은 아니지만 누구와 썸 타는지 한번 들어볼까요?" 동석했던 사람들은 잠시 고개를 갸웃하더니 이내 깔깔 웃으면서 H에게 빨리 사실을 밝히라고 성화를 댄다. '썸타다'는 말은 관심 있는 이성과 잘 되어 간다는 말이다. 연관어로 썸남과 썸녀도 있다. 썸남은 영어의 썸씽(something)에 우리말 남자의 합성어로 사귀기 전 단계의 남자를 말하며 썸녀는 사귀기 전 단계의 여자를 뜻하는 말이다.

이처럼 일상에서 흔히 사용하는 비표준어는 스마트폰 메신저에 중독된 초등학생들에게서 먼저 나타나기 시작해서 성인에 이르기까지 다양한 계층에서 사용하고 있다. 물론 호칭도 세월이 흐르면서 유행처럼 바뀌는 것은 자연스러운 일이다. 하지만 비표준어를 자주 사용하는 것이 마치 다른 세대와 소통을 잘하는 것처럼 착각하는 것은 잘못이다. 상황에 따라서 비표준어는 인간적인 맛을 느낄 수 있지만 잘못된 사회적 풍토를 만들어 낼 수 있으므로 그릇된 말버릇은 꼭 고쳐야 할 내용이다. 또한 일상에서 쉬운 듯 어려운 듯 애매한 언어는 가급적 피하고 쉽고 간결한 언어를 구사하도록 노력해야겠다.

바른 수식을 위한 ― 한 마디

　이즘엔 공공장소에서 화장하는 사람들을 흔히 볼 수 있다. 특히 지하철이나 버스 안에서 메이크업 삼매(三昧)에 빠져 있는 여성을 보는 것은 이제 낯선 풍경이 아니다. 이처럼 여성들이 때와 장소를 불문하고 화장에 깊은 관심을 갖는 것은 아름다운 부분은 더욱 돋보이게 하고, 부족한 부분에 대해서는 적극 보완해서 완벽함을 추구하고자 하는 욕망 일 게다. 또한 여성들은 화장함으로써 단순한 미적 표현을 넘어 무언가 자기의 일에 자신감을 느끼고 타인에 대한 배려의 마음도 있는 것 같다. 화장한 얼굴은 현실의 삶을 더욱 건강하게 표현할 수 있어서 좋고 다른 사람에게는 무언가 세련되고 정돈되어있다는 인상을 주기도 한다. 하지만 정작 여성들이 바깥에서 화장해야 하는 주된 이유는 시간에 쫓겨 급히 밖으로 나왔거나 활동 환경이 바뀌어 모양새를 수정해야 하는 경우가 대부분이다.

출판 관련 일이 있어서 지하철을 타게 되었다. 열차 출발역이 바로 한 정거장 전이어서 그런지 텅 빈 객실에는 나와 20대 후반으로 보이는 여성만이 있었다. 열차가 출발하자 앞자리에 앉아있던 여성이 가방 속에서 화장품 세트를 꺼내 화장하기 시작했다. 바쁘게 외출하느라 화장을 하지 못하고 나온 것 같다. 열차가 네 정거장 더 가는 동안 화장을 모두 마친 여자는 그때서야 자신의 행동이 타인으로부터 주목받았음을 알았던지 목례로 이해를 구한다. 예쁜 얼굴에 화장기가 살짝 스며들어 더욱 화사해 보였는데 타자를 향한 마음까지 여유가 있으니 그녀의 속내는 얼마나 아름다울까 하는 생각을 했다. 그 여자는 피부화장을 하면서 마음 화장도 함께하는가 보다. 그 아가씨가 어느 역에서 내렸는지는 내가 먼저 열차에서 내렸기 때문에 알 수 없었지만 그의 행동 하나하나는 요즘 젊은이들과는 많이 달라 보여서 오랫동안 내 기억 속에 남아있다.

귀갓길에는 중고등학교 하교 시간과 맞물렸다. 전동차가 역에 멈추자 대여섯 명의 여고생이 승차했다. 그들은 빈자리에 앉자마자 책가방에서 화장품이 담긴 손가방을 하나씩 꺼내는데 다섯 사람의 화장품을 모으면 조그만 가게 하나는 차릴 것 같다. 그들은 주변 시선에는 아랑곳하지 않고 화장하는 일에 열중했다. 화장을 하면서 쉼 없이 조잘대는데 나는 좀체 그들의 이야기를 알아들을 수가 없었다. 잠깐 사이에 그들은 전혀 다른 모습이 되었다. 그들은 서로 예쁘다며 치켜세웠지만 내가 보기에는 아쉬움과 안타까운 생각이 더 많이 들었다. 미처 손질이 끝나지 않은 볼에는 얼룩이 남아있었고 눈가의 아이라인은 우스꽝스럽기까지 했다. 빨갛게 변한 입술은 투명한 유리에 때가 낀 것처럼 흠결이 있었다. 하지만 그들은 무엇이 그리 좋은지 연신 큰 소리를 내며 웃고 있었다. 나는 방과 후에 학생들이 왜, 진한 화장을 하는지 이해하지 못했지만 그들의 대화에서 어렴풋이 짐작할 수 있었다. "야, 너네 가게는 한 시간에 얼마 주는데?"

글쓰기 초보 단계에서는 문장을 화려하게 꾸미기 위해 노력하는 사람이 많다. 이런 현상은 예쁘고 아름다운 글을 지어보고자 하는 욕구가 강해서 그럴 게다. 하지만 수식의 목적은 글을 아름답게 꾸미는 것이 아니라 드러내고자 하는 어떤 대상을 더욱 선명하게 하기 위한 것임을 알아야 한다. 물론, 수필에서 문장의 겉모양을 꾸미는 일은 글쓴이의 주관적 관점에 따라서 미적 감각과 운율까지도 아울러 표현함으로써 더욱 아기자기한 맛을 낼 수도 있다. 문장을 부드럽게 엮어간 기성작가의 글 중에는 그 표현이 놀라울 정도로 아름답거나 문학성이 뛰어난 작품도 있기는 하다. 그렇기는 해도 글을 꾸미는 일이 지나치면 글의 품위가 떨어지고 저속하게 빠져들 수도 있으므로 조심스럽게 접근해야 한다. 특히 비유가 너무 많거나 수식어의 나열이 빈번하다 보면 독자 입장에서는 내용은 없고 포장만 요란한 글로 오해받을 수 있다. 그러므로 단지 문장을 화려하고 아름답게 꾸미기 위해 애쓰는 것은 좋은 태도라 할 수 없다. 수필에서 지나친 수식은 지양하되 문장 흐름에 따라서 적절하게 꾸며 주어야 한다고 강조하는 이유가 여기에 있는 것이다. 이는 마치 여성들이 화장하는 것과 같다. 화장은 아름다움을 유지하고 좀 더 젊어지기 위해서, 특징적인 부분을 더 뚜렷이 표현하기 위해서 하는 것이지만 정도가 지나쳐 어수선하거나 그가 누구인지도 모르게 분장 한다면 이는 화장의 본 의도라 할 수 없기 때문이다.

계영배(戒盈杯)는 '가득 차는 것을 경계하는 잔'이라는 뜻으로, 과음을 경계하기 위해 술이 일정 이상 차오르면 모두 새어 나가도록 만든 잔이다. 일명 절주배라고 불리기도 한다. 조선 후기 도공 우명옥이 설백자기(雪白磁器)를 만들어 명성을 얻었으나 방탕한 삶으로 전 재산을 탕진한 후, 회개하고 도공으로 다시 돌아와 자신의 과오를 뉘우치면서 계영배를 만들었다는 소문이 오래도록 전해지고 있다. 과유불급(過猶不及), 인간의 끝없는 욕심과 지나침을 경계하는 선조들의 교훈이라 생각한다. 문장에서 표현이나 묘사가 다양한 것이 필요한 일이긴 하지만 그것이 너무 많거나 불필요한 데까지 자주 쓰이면 오히려 작품의 질과 문학성을 현격히 떨어뜨릴 수 있음을 염려하는 비유로 적당한 표현이 아닌가 싶다.

수필은 깔끔하고 간결하게 서술하되 글투는 소박한 표현을 바탕으로 한다. 문체가 지나치게 화려하거나 문장이 길면 이러한 수필의 멋에서 벗어난 꼴이 된다. 이는 수필이 삶의 문학이기 때문에 그러하다. 인생에서 삶의 지향은 극단의 화려함이나 눈이 부실 정도로 반짝이는 것보다는 꾸밈이 적고 거짓이 없는 진정성에 있다. 또한 수필은 체험의 표현이다. 체험을 바탕으로 느낀 감정을 구상적 생각의 틀 속에서 인생에 대한 의미를 부여하고 가치를 창출하여 감동을 찾아내는 일이다. 감동은 대단한 것으로부터 오는 것이 아니라 그저 사소한 것에서 온다는 것을 자각하고 그 은은함과 독특함에 주목해야 할 것이다. 결국 수필 쓰기에서 수식은 적당한 거리에서 정도에 알맞게 표현함으로써 작가의 본뜻을 독자에게 정확히 알려 주는데 그 목적이 있는 것이지 문체의 화려함에 치중해서 본래의 취지가 무색해진다면 이는 올바른 수식이라 할 수 없겠다.

수필의 ─ 허구에 대하여

수필 중에는 어쩌다 소설 같은 분위기에 허구적 느낌이 드는 작품이 있다. 이런 글을 읽고 난 후에는 '수필에서 허구의 용인 범위는 과연 어디까지인가?' 하고 고민하게 된다. 수필에서 허구성에 관한 문제는 오래전부터 많은 사람에 의해 논쟁이 되고 있다. 수필에서 허구를 인정해야 한다는 사람 편에서 보면 문학은 허구를 떠나서는 존재할 수 없는데 수필이 문학이 되기 위해서는 이를 받아들여야 한다는 의견이고, 반대로 수필에서 허구를 배제해야 한다는 사람 처지에서 보면 수필에 소설처럼 허구가 끼어들면 그것은 소설이지 결코 수필이 될 수 없다는 견해이다. 이처럼 수필의 허구성에 관한 문제는 많은 사람이 여러 의견으로 자신의 견해를 피력해 왔다.

어릴 적 할머니에게서 들었던 옛날이야기 중에는 허구적인 내용을 마치 사실인 것처럼 받아들이게 하는 묘한 설득력이 있는가 하면 사실적 공간을 중심으로 펼쳐낸 내용임에도 꿈을 꾸듯 황홀 감에 빠지게 하는 이야기가 있었다.

농경생활이 주류를 이루고 있던 예전에는 저녁 식사 후에 마을 사람들이 사랑방에 모여 시간을 보내곤 했는데 일종의 여가 활용 이었다. 비가 부슬부슬 내리던 어느 그믐밤, 동네 친구들은 얘기 끝에 담력이 세기로 소문난 청년과 내기를 했다. 마을 뒷산에 있는 공동묘지에 가서 말뚝을 심고 오면 그 청년이 원하는 것을 해 주기로 했다. 청년은 공동묘지로 떠났고 사랑방에 모여 있던 친 구들은 그 청년이 돌아오기를 기다리고 있었다. 하지만 밤이 깊 어 가는데도 청년은 돌아오지 않았다. 친구들은 걱정이 되어 횃불 을 들고 공동묘지로 향했다. 공동묘지에 도착한 친구들은 깜짝 놀 랐다. 기다리던 청년이 묘지 가운데에 쓰러져있었다. 가까이 가서 확인해 보니 청년은 자기의 두루마기 끝에 말뚝이 박힌 채 쓰러져 있었다. 얼마 후 의식을 회복한 후 청년이 얘기했다. 말뚝을 꽂고 일어서려는데 누군가 뒤에서 옷을 잡아당기며 놔 주지 않더라는 것이다. 그 뒤로는 아무 생각이 나지 않는다고 했다. 이 이야기 속 에는 실존 인물에 대한 이름이 구체적으로 명시되어 있으며 오랫 동안 주위 사람들의 입에 오르내리기도 했다.

옛날에 건장한 청년이 있었다. 하루는 낮잠을 자던 중 꿈을 꾸 었다. 백발이 성성한 산신령이 나타나서 '오늘 하루를 잘 넘기지 못하면 오늘이 너에게 주어진 마지막 날이 될 수 있으니 남은 시간 동안 최선을 다하거라.' 하고는 홀연히 사라졌다. 잠에서 깬 청년은 꿈이 하도 신기하고 걱정도 되어서 하루가 다 지날 때까지 모든 일을 접고 집에만 있어야겠다고 생각했다. 그는 온종일 아무 일도 하지 않고 방에 누워 있었다. 해가 저물고 자정이 가까워질 무렵 청년은 이제는 괜찮겠지 하고 자리에서 일어났다. 하지만 청년은 오랜 시간 한 자리에 누워 있었던 관계로 일어서는 순간 현기증을 일으키며 방바닥에 쓰러졌는데 결국 뇌진탕으로 생명을 잃고 말았다. 이 이야기는 인물뿐만 아니라 사실적 공간에 대한 명확한 언급 없이 단순하게 전해오는 이야기일 뿐이다.

　수필에서 허구의 용납에 관한 문제를 이해하기 위해서는 먼저 허구에 대한 단어적 의미부터 살피고, 수필의 속성과 허구는 어떤 관계로 만날 것인가에 대하여 순차적으로 정리해 가야 한다. 허구의 사전적 의미는 사실에 없는 일을 사실처럼 꾸며 만든 것을 말한다. 이를 두고 어떤 이는 거짓이라 하고, 또 다른 이는 가공의 세계라고도 한다. 그러니까 허구는 사실이 아니란 뜻으로 받아들인다. 허구를 좀 더 분명하게 이해하기 위해서는 우선 체험으로부터 분파되는 다양한 의미를 분석하는 일이 중요하다. 수필은 체험을 바탕으로 자신의 삶과 인생을 밝히는 문학이기 때문이다. 체험은 직접체험과 간접체험으로 나눌 수 있다. 직접체험은 다시 외적체험과 내적체험으로 구분할 수 있는데 외적체험은 체험의 대상이 있는 것이고 내적체험은 부딪치는 대상 없이 온전히 생각만으로 이루어진다. 어떤 사람은 생각도 체험이냐고 하겠지만 우리의 뇌는 움직임이 있고, 생각해 보지 않은 것과 생각해 본 것 사이에는 큰 차이가 있다. 내적체험 즉 생각은 다시 사색과 상상으로 구분 짓는데 문장에서 말하는 허구란 상상만으로 이루어진 체험을 말한다.

이쯤 되면 독자는 사색과 상상에 대하여 헷갈리기 시작할 것이다. 수필가 김시헌은 '소설의 허구와 수필의 허구'에서 사색과 상상에 관한 개념을 명확하게 정리하고 있다.

"이른 새벽에 잠이 깨었다고 하자. 더는 잠이 오지 않을 때, 누운 채로 온갖 생각에 잠길 때가 있다. 그 생각은 크게 두 가지로 나눌 수 있다. 사색과 상상이다. 사색은 수직적 생각으로 인생이란 무엇인가? 왜 살아야 하는가? 인생의 종말은 무엇과 연결되는가? 등의 일직선상의 생각이다. 다른 하나는 구상적 생각이다. 내일 누구와 만날 약속이 있다면 그와 만난 뒤에 어떤 대화를 하고 문제 해결을 위해서 뒤처리는 어떻게 해야겠다는 구상이다. 구상적 생각은 수직적인 생각보다 훨씬 더 구체적이다. 육하원칙 같은 구상이 따른다. 이러한 것으로 보아도 '생각' 자체를 체험이라 할 수 있다. 그러니까 사색은 사건이 없는 생각이요, 상상은 사건이 있는 생각이다."

수필의 독자는 수필 내용이 수필가가 직접 체험한, 사건이 있는

체험일 것이라고 믿는다. 이는 어쩌면 수필가와 독자가 맺은 무언의 약속이기도 하고 수필의 속성이기도 하다. 그렇기 때문에 설령 허구가 작가의 직접경험과 한 줄기 상통하는 맥락을 갖고 있다 하더라도 상상만의 사건인 허구는 수필에서 용납되지 않는다는 것이다. 한편, 그렇기는 해도 작가로서는 자기의 직접 경험인 상상으로 이루어진 사건 즉, 허구를 쓰지 못할 이유가 없다고 생각할 수도 있다. 이것이 수필에 허구가 용납되는가 하는 문제를 불러오는 이유 중의 하나이다. 여기서 문제의 초점은 독자의 인식에 있다. 비록 수필의 내용이 작가의 경험과는 아무런 관계가 없다 하더라도 독자는 그것을 작가의 경험으로 믿기 때문이다. 그렇기 때문에 글의 내용이 상상만의 사건이라면 필자는 독자에게 '허구'임을 알려야 한다.

영국의 수필가 찰스 램은 아이가 없는데도 결혼하여 아이를 낳았다는 상상 속에서 아이와의 이야기를 '꿈속의 어린아이'라는 제목으로 수필을 썼다. 이 이야기가 '꿈속'의 이야기임을 밝혀 줌으로써 '허구'를 수필에 성립시켰던 것이다. 하지만 사실로 믿었던 이야기가 허구로 드러나면서 독자에게 큰 상실감을 안겨 준 사례도 있다. 일본 작가 료헤이의 '우동 한 그릇'이 이를 말해준다. '우동 한 그릇'의 내용이 현실적으로 있었던 일이며, 작가가 겪은 이야기로 알았던 독자들은 그 이야기가 허구임을 알았을 때 실망감과 배신감으로 사회적 문제로까지 비화 되었던 걸 우리는 보았다.

이처럼 수필에서 허구의 용인과 배제의 쟁점은 수필이 문학성을 갖느냐, 그렇지 않으냐에서 오는 의견 차이로 볼 수 있다. 사실 문학은 허구를 떠나서는 존재할 수 없다고 말해도 지나친 표현은 아니다. 문자를 표현 수단으로 하는 문학은 이미 허구를 내포하고 있다고 말한다. 이런 차원에서뿐만 아니라 수필이 신문 기사와 같은 사실만의 기록이 아니라면 문학 창작의 속성인 허구를 배제할 수 없다. 다만 앞서 말했듯이 중심 내용이 허구일 경우엔 독자에게 허구임을 알려 주어야 한다. 그 방법으로는 찰스 램의 작품에서처럼 꿈속 이야기였다거나, 늦가을 벤치에 앉아 발아래 떨어지는 낙엽 속에서 주워 올린 상상의 이야기였다거나, 깊은 겨울밤 돌아가신 할머니가 들려주신 이야기였다는 표현으로라도 허구임을 알려 주어야 한다.

이상과 같은 내용으로 살펴보았을 때, 수필은 자기가 경험한 사실을 바탕으로 적는 글이기에 사실로 존재하지 않는 허구를 써서는 안 된다는 주장에 대해 일부 공감은 하지만 수필이 사실만을 전달하는 기록물이 아니라면 수필에서 허구는 어떤 형태로 표현이 되더라도 배제하기 어렵다는 것이 개인적인 견해이다.

문단과 주택의 ― 상관 이야기

　연록(軟綠)의 물결이 온 세상을 덮는다. 아기 초록의 생명력은 잔잔한 마음 바다에 거센 풍랑을 일으킨다. 아름다운 계절에 평소 가까이 지내던 사람과 '아침가리골'을 가기 위해서 길을 나섰다. 산수가 빼어난 강원도 깊은 산속으로 차를 몰 때는 곳곳에 지어진 그림 같은 주택이 나의 시선을 빼앗는다. 저렇게 예쁜 집에는 어떤 사람이 살고 있을까. 나는 운전을 하면서도 전원주택이 지닌 아름다움과 그 안에 살고 있을 사람들의 고운 심성을 조합하여 내 마음 안에 별저(別邸)를 지었다.

　좋은 수필은 경치가 아름다운 곳에 지어진 멋진 집과 같다. 예쁘게 창작된 수필 한 편은 많은 독자에게 정서적으로 풍요로움을 느끼게 한다. 예쁜 글이란 언어구사력이 뛰어나고 구성이 탄탄한 작품을 말한다. 글에서 언어구사력이 떨어지면 전달하고자 하는 내용이 산만하여 자꾸 한 말을 되풀이하기 쉽고 구성이 제대로 되어 있지 않으면 안정감이 떨어진다. 구성이 잘 된 글은 중심점이 뚜렷하고 일관된 생각을 유지할 수 있다.

문단 나누기는 글을 구성하는 중요한 요소 중 하나이다. 글을 쓰는 사람 중에는 문단 나누기가 어렵다고 말하는 사람이 있는가 하면, 글쓰기 기초만 있으면 아주 간단하게 해결할 수 있는 문제라고 말하는 사람도 있다. 전자의 경우는 통일된 생각을 하나의 묶음으로 만들어 내는 일이 결코 쉽지 않다는 말일 테고 후자의 경우는 고대소설에서 신소설에 이르기까지 문단을 나누지 않은 우리네 전통을 따라서 그렇게 말하는 것이 아닐까 생각 해 본다. 하지만 긴 문장을 나누지 않고 계속해서 이어가기만 한다면 독자 입장에서는 글 읽는 부담을 크게 느끼게 될 것이고 문장 하나하나를 다 읽지 않고서는 요지 파악이 어려울 것이다. 그래서 긴 문장을 몇 마디로 나누어 놓으면 독자는 읽기에 편하고 내용을 이해하기도 수월할 것이다.

문단이란, 긴 글을 내용에 따라 나눌 때 하나하나의 짧은 이야기 토막을 말한다. 문단은 생각의 작은 덩어리로 소재나 주제의 변화에 의해서 이루어진다. 문단은 문장의 길고 짧음에 있지 않다. 주제를 드러내는데 있어서 어느 경우에는 문장 하나가 한 문단이 되기도 하고 어떤 상황에서는 여러 개의 문장이 모여 하나의 문단을 이루기도 한다. 글에서 문단 나누기가 적절하게 이루어지면 글의 구성이 한층 더 짜임새 있게 된다. 사람에 따라서 같은 옷을 입더라도 손질을 잘해서 입은 사람과 그렇지 않은 사람이 외양에서 차이가 나듯 글에서 정확한 문단 나누기는 아름다운 글을 더욱 맵시 있게 표현하는 한 방법이 된다. 하지만 요즈음같이 인터넷이 발달한 세상에서는 글의 내용이 즉흥적이고 짧은 글 중심으로 이루어지는 경향이 많아서인지 문단 나누기를 편의적으로 한 글이 많다. 심지어 주제의 전달 내용과는 무관하게 시각적 판단으로 문단을 구분하는 사람도 있다. 문장이 길어지는 것 같아 한 번 쉬어가는 기분으로 문단을 나눈다는 사람도 있다.

문단 관련 이야기는 주택에 비유할 수 있다. 주택을 신축하기 위해서는 수백, 수천의 건축 자재가 필요하지만 집이 완성된 후에는 '주택'이라는 한마디로 압축되듯이 한 편의 글을 쓰기 위해서도 수많은 단어가 요구되지만 사실은 하나의 '주제'로 줄여 있음을 알 수 있다. 주택의 자재는 곧 글의 소재이고 설계도는 문장의 구성과 같다. 주택의 내부 구조는 방·거실·주방·욕실 등 몇 개의 지배 공간으로 나눈다. 글에서도 이와 비슷한 지배적 공간이 필요한데 이것이 곧 문단이다. 주택의 실내 구성은 생활의 편리함에 따라서 물건을 적절하게 배치해야 한다. 방에서 쓰는 물건이 주방에, 욕실에 있어야 하는 물건이 거실에 나와 있다면 우스꽝스러울 것이다. 글도 마찬가지다. 각 문단에서 하고자 하는 얘기가 이말 저말로 섞인다면 독자는 혼란스러울 게 뻔하다. 따라서 이러한 혼란을 줄이기 위해서 몇 가지 기준이 필요하다.

생각의 작은 덩어리인 문단을 완성하기 위해서는 통일성·일관성·완결성 등의 요건이 필요하다.

문단의 통일성은 문단 안에서 단 하나의 화제만 논함으로써 달성된다. 하나의 문단에는 반드시 하나의 소주제문이 있어야 하고, 다른 문장은 소주제문을 뒷받침하는 것이어야 한다. 즉 하나의 소주제문을 향해 모든 문장이 통일되어야 한다는 것이다. 소주제문이 없을 때는 문단을 이루는 각각의 문장이 하나의 통일된 생각으로 모여야 한다.

일관성은 문단을 이루는 여러 문장이 서로 긴밀한 관계로 연결되어 있음을 말한다. 통일성의 원리가 알맞은 재료를 선택하는 요건이라면, 일관성의 원리는 통일성 있게 선택된 재료를 적절한 위치에 배치하는 것이다. 그러려면 문장을 시간적·공간적·논리적 순서에 맞게 배열해야 한다. 시간적 순서는 주로 사건의 진행 과정을 서술할 때 사용하는 것으로 오늘에서 어제 그제의 순서로, 또는 그제에서 어제 오늘의 순서로 흐름이 이어져야 한다. 공간적 순서는 자연풍경이나 사물의 모습을 있는 그대로 그릴 때 사용하는 것으로 가까운 데서 먼 곳으로 먼 곳에서 가까운 곳으로, 오른쪽에서 왼쪽으로 왼쪽에서 오른쪽으로 일정한 방향을 잡아서 이야기하는 것이 독자가 이해하기 쉽다. 글감이 서로 인과 관계에 있을 때는 논리적으로 배열하는 것이 좋다. 인과 관계가 없으면 순리적으로 배열하면 된다.

완결성을 이루려면 문단을 구성하는 형식과 내용이 빈틈없어야 한다. 그러기 위해서는 적절한 뒷받침 문장이 모여 소주제문을 충분히 설명해야 한다. 문단은 그 자체로 하나의 완결된 글이 되어야하므로 문단이 완결성을 갖추고 있다 함은 소주제문을 뒷받침하는 문장이 충분히 제시되어 있다는 말이기도 하다. 글은 한번 시작하면 자신의 생각을 온전히 한 문단에서 표현하고 그다음 다른 문장으로 이어가야 한다. 문단 나누기의 중요성은 길이에 있는 것이 아니고 의미별로 나누어 구조화하는 데 있다.

산행을 마치고 귀가 길에서는 오전과는 반대로 산속에 집을 짓다가 방치해 둔 가옥 몇 채를 볼 수 있었다. 반만 짓고 완성하지 못한 그곳에서 나는 음산한 분위기를 느꼈다. 이러한 느낌은 글을 읽을 때도 가끔 받는다. 문단 나누기가 제대로 되지 않은 글에서 글을 이해하는 데 어려움이 있을 때이다. 글에서 불완전한 문단은 무언가 허전함을 느끼게 된다. 우리는 낱개의 나무가 모여 숲을 이루고 숲이 모여 산을 만들듯, 문장과 문장이 부드럽게 이어지고 문단과 문단이 자연스레 연결되는 것이 글을 구성하는 기본 조건임을 알고 문단 나누기를 철저히 해야 할 것이다.

수필의 ― 길이

곡식 위주의 생활에서 쌀이 부족했던 시절, 대체 식품으로 사랑받던 라면이 이제는 국민 기호 식품으로 자리매김했다. 해외여행에서 돌아와 매콤한 맛의 라면에 김치 한 대접은 세상 어느 음식과 비교할 수 없다. 면발에서 나오는 졸깃졸깃함에 배추의 아삭함이 더해지면 여행지에서 미식으로 가려있던 음식의 본래 맛을 금세 찾을 수 있다. 평소엔 몸에 좋지 않다는 이유로 푸대접받던 국물도 이때만큼은 환영을 받는다. 어디 입맛만 그럴까. 조급했던 일상에서 여유까지 챙길 수 있는데 이는 라면만이 가질 수 있는 쉬운 조리법과 뛰어난 가성비가 몸과 마음을 휘감는 온기 역할을 하기 때문일 게다.

평소에는 라면 먹을 기회가 그리 많지 않다. 나이가 들어 소화력이 떨어지면서 분식은 자제해야 한다는 전문가의 조언이 있어서다. 그럼에도 우리 부부는 가끔 라면을 끓여 먹는다. 이때는 각자의 입맛에 맞춰 수프의 비율을 정해 라면을 끓인다. 음식을 조금 싱겁게 먹는 편인 나는 수프의 반을, 칼칼한 맛을 선호하는 집사람은 한 개를 다 넣고 끓인다. 수프의 양을 달리해도 식사 후에 느끼는 맛은 서로 만족한다. 양을 달리하는데도 같은 맛을 느낄 수 있는 것은 단순한 개인적 식습관 때문일 뿐이다. 따라서 상대의 맛감각이 내 맛감각과 다르다고 해서 그 비율을 강요할 수는 없는 것이다.

글쓰기 공부를 시작한 사람 중에는 글의 길이에 대하여 예민하게 생각하는 사람이 많다. 이는 개인차를 고려하지 않고 라면 수프의 양을 무조건 자신의 조건에 맞추려는 사람과 같다. 사람들은 같은 소재를 취해서 글을 짓더라도 어떤 이는 조금 길게 쓰는 사람이 있고 또 다른 이는 짧게 쓰는 사람이 있다. 단순하게 길고 짧은 것만으로 누구의 글이 좋다 나쁘다 평가할 수는 없다. 짧은 글이지만 공감이 가는, 그래서 감동으로 읽히는 글이 있을 수 있고 긴 글이라도 조리 없이 되는대로 나열한 글도 있다.

수필은 어떤 내용을 특정한 틀 속에 가두기를 부정하지만 삶에 대한 진지한 해석이 따라야 한다. 삶에 대한 의미를 밝히는 글을 적으면서 길이의 길고 짧음에 연연한다면 수필 본래의 의미를 충분히 살리지 못하게 된다. 어떤 내용이든 형식에 구애받지 않고 자유롭게 쓰되 그릇을 채우는데 목적이 있는 것이 아니라 좋은 바탕이나 품질을 담을 수 있도록 노력해야 할 것이다. 수필의 길이를 원고지 몇 장 정도로 딱히 규정하는 기관은 없다. 다만 신문사나 각종 출판 관련 편집자들이 인쇄 지면에 허용된 범위 안에서 양을 맞추기 위해 작가에게 원고 매수를 정하여 요구하는 경우가 있기는 하다. 이런 내용이 잘못 전해지면서 점차 관례처럼 되다보니 수필의 길이는 얼마가 되어야 한다고 굳어지게 된 오해일 수 있다.

나의 초기 작품은 200자 원고지 14매에서 15매 정도로 정형화되어 있었다. 이를 A4용지, 11포인트 글자로 계산하면 한 장 반이 조금 넘고, 두 장은 조금 못 된다. 당시 내가 생각하기로는 원고지 열다섯 장 미만은 사상이 미진할 수 있고, 열다섯 장이 넘으면 횡설수설 중언부언되기 쉽다는 생각에 그 양을 고집했던 것 같다. 굳이 덧붙이자면 원고 매수가 짧아지는 것은 소재에 대한 지적 상식이 부족하거나 주제를 이끌어 갈 힘이 부족하다는 생각이었고 원고 매수가 길어지는 것은 작가가 경험한 소재를 한 편의 글에다 채우려고 하는 데서 온 지나친 욕심이었지 싶다.

좋은 글을 쓰기 위해서는 집필을 시작하기 전, 주제와 제재를 충분히 생각하고 난 다음에 써 내려가는 것도 한 방법이다. 글을 쓰면서 적절한 매수를 유지하기 위해서는 소재 가운데서 주제에 도움이 되는 것만 취사선택해서 글을 쓰면 산만하지 않고 통일된 주제의 작품으로 완성할 수 있다. 콩물로 두부를 만드는데 그 콩물 속에 포함된 비지를 제거하지 않으면 두부가 되지 않는 이치와도 같다.

요즈음 나는 글을 쓰면서 원고 매수를 가지고 고민하지는 않는다. 가끔 문장이 길어진다 싶으면 잠시 펜을 놓고 윤오영 선생의 '부끄러움'과 '달밤'을 즐겨 읽는다. 이 글은 짧으면서도 얼마든지 깊이와 아름다움을 담을 수 있다는 본보기를 보여 주고 있다. 그의 많은 작품이 원고지 5매에서 7매 정도에 지나지 않는다.

고유한 ─ 언어 표현

장자(莊子) 천운편(天運篇)에 나오는 '효빈'은 눈살 찌푸리는 것을 본뜬다는 뜻으로, 함부로 남의 흉내 냄을 이르는 말이다. 다른 사람의 결점을 장점으로 알고 따라 하는 것을 비유하여 사용하기도 한다.

서시(西施)는 고대 중국의 4대 미인 중 한 명으로 알려져 있다. 어느 날 서시가 그가 살고 있던 마을에서 얼굴을 찡그리며 지나갔다. 마을의 어떤 추녀가 그 모습을 보고 이맛살을 찌푸려야 아름다운 줄 알고 서시 흉내를 내며 가슴에 손을 얹고 얼굴을 찡그리고 돌아다녔다. 추녀의 흉한 꼴을 본 마을 사람들은 문을 걸어 잠그고 밖으로 나오지 않거나 그 못생긴 사람을 피해 마을을 떠나기도 했다. 서시가 얼굴을 찡그렸던 것은 속에 병이 있어서 그랬던 것이었는데 이 추녀는 미간을 찡그린 모습이 아름답다는 것만 엄두에 두었을 뿐, 찡그림이 아름다운 것과는 근본적으로 다르다는 것을 알지 못했던 것이다.

책을 읽다 보면 작가 특유의 정서에 매료되어 나도 모르는 사이에 글 속으로 몰입하게 되는 경우가 있다. 보통의 글과는 달리 오직 그 사람만이 쓸 수 있는 고유한 언어 표현법에 빠져들 때는 더욱 그러하다. 이처럼 문장을 통해 드러나는 필자의 개성이나 특징을 우리는 '문체' 또는 '글체'라고 한다. 문체는 글쓴이에 따라 그 특성이 문장 전체에 드러나기도 하고 어휘나 문장 등 어느 한 부분에 나타나기도 한다. 그래서 어떤 사람은 문체를 사람의 얼굴에 비유하거나 심지어 성격으로 관련지어 말하기도 한다. 사람마다 생긴 모습이 다르듯 글 역시 글을 쓰는 사람에 따라서 각기 다른 모습을 가지고 있다는 말일 게다. 이러한 문체는 문장의 길이에 따라서 간결체와 만연체, 느낌에 따라 강건체와 우유체, 수식에 따라 화려체와 건조체, 운율이 있고 없음에 따라 산문체와 운문체, 문법이나 어휘 사용에 따라 구어체와 문어체 등으로 사용하기도 한다.

훌륭한 문체를 갖기 위해서는 필자가 글을 쓰는 동안 자신만의 독특한 방법으로 결론에 이르기까지 주제를 명확하게 밝혀야 하는 노력이 필요하다. 작가는 자신만의 문체를 확립하고 자기의 생각을 문체 안에서 정리하는 습관을 길러야 한다. 문체는 자신과의 치열하고 고된 글쓰기 훈련을 통해서 이루어진다. 글 속에는 다른 무엇으로도 대신할 수 없는, 그 작가만이 가질 수 있는 세상을 바라보는 태도, 그 속에서 느끼는 감정, 그 감정을 분석하고 이해하는 논리가 있어야 하며 그를 바탕으로 자신만의 독특한 문장 구사 능력을 키워야 한다.

하지만 글을 쓰는 사람 중에는 자신의 장점을 적극적으로 살려서 창작하기보다는 다른 사람의 글을 흉내 내는데 급급한 경우가 있다. 이런 사람은 아무리 오랫동안 글을 쓴다 해도 자신만의 고유한 문체를 갖기가 어렵다. 같은 의미의 말을 하더라도 사람마다 서로 다른 태도로, 다른 목소리로 전하듯 글 또한 작가마다 다른 기교를 부려서 글을 써야 한다. 문학성이 있는 글은, 고정적인 사고에서 지어지는 것이 아니라 다양한 생각 속에서 자신만의 방법을 찾아갈 때 창작된다.

서시에 나오는 이야기처럼 시비나 선악의 판단 없이 남의 글을 흉내 내는 것이 아닌 나만의 글을 짓기 위해서 노력할 때 좋은 글은 태어난다. 옳고 그름과 착하고 악함을 생각하지 않고 함부로 남의 글을 흉내 내다 보면 결국 스스로 만든 한계의 울에 갇히게 된다. 이념에 고착되지 않고 사물의 변화에 순응하는 곳에 진정한 삶의 길이 있다는 장자의 우의(寓意)적 표현을 다시 한 번 살펴보며 작가는 자신만의 세계를 창조하여 자유롭게 글을 꾸몄으면 하는 바람이다.

행간의 — 여백

편작(編鵲)은 중국 전국시대(戰國時代) 의사였다. 그는 장상군(長桑君)으로부터 의술을 배워, 임상 경험을 바탕으로 민중을 치료하였으며 환자의 오장을 투시하는 경지까지 이르렀다고 전해온다. 이런 편작에게는 고령의 아버지가 있었는데 지병으로 천식이 있었다. 그의 부친은 '천식만 나으면 죽어도 여한이 없겠다.'며 아들에게 자신의 병을 고쳐주기를 기대했지만 편작은 이런저런 핑계를 대고 병을 고쳐 주지 않았다. 아들의 처사가 야속했던 부친은 어느 날 편작이 왕진을 나간 사이, 편작의 수제자에게 천식을 고쳐달라고 부탁했다. 수제자는 사부를 기쁘게 해 줄 기회라 여기고 자신의 의술을 총동원하여 병을 고쳤다. 왕진에서 돌아온 편작이 부친의 병색이 가신 것을 보고 놀라 물으니, 수제자는 천식을 낫게 해드린 것을 자랑스럽게 얘기했다. 제자의 이야기를 다

들고 난 편작은 "자네가 나 없는 사이 아버님 병환에 대한 진찰이나 병명 판단과 그에 따른 약 처방은 아주 정확하게 잘하였네, 그리고 아버님의 병환도 완치가 되었네, 그러나 자네의 치료로 아버님은 내년쯤 돌아가시게 되었군." 하고 말했다. 제자가 깜짝 놀라 "선생님, 어르신의 병이 완쾌되었는데 어찌 빨리 돌아가신단 말씀입니까." 하고 물었다. 그로부터 편작의 부친은 얼마 살지 못하고 돌아가셨다. 편작은 자기 아버지의 병이 천식보다는 희망이 없는 것을 더 큰 병으로 생각하여 그 정도의 병은 남겨 두어 아버지가 항상 그 병과 싸우게 한 것이다. 사람은 부족한 것이 있어야 그것을 갖기 위해 노력하게 되고 노력하는 동안 삶에 대한 희망과 애착을 갖는데 병이 완치됨으로써 목표가 사라져 삶의 의욕을 잃고 말았던 것이다.

가끔 글을 읽으면서 행간(行間)에 주목할 때가 있다. 적은 내용이 이미 한 말을 자꾸 되풀이하여 장황하게 이어지면 더욱 그러하다. 글을 쓸 때는 가급적 군더더기를 줄이고 핵심만 적고 싶은데 문장이 하나둘 늘어나다 보면 어쩔 수 없이 길어지는 경우가 있기는 하다. 하지만 글이란 사진을 찍어서 보는 것처럼 어떤 사실에 대하여 완벽하게 그려낼 필요는 없다. 더구나 그 내용이 신문 기사가 아닌 문학작품일 때는 더더욱 그러하다. 문학적인 글에는 작가가 표현한 내용 외에 독자가 누릴 몫도 있다. 바로 행간의 여백을 통해서다.

행간의 여백이란 글줄과 글줄 사이에 생기는 행 사이의 빈 여백을 말하는데 일반적으로 글에 직접적으로 나타나 있지는 않으나 그 글을 통해서 나타내려고 하는 숨은 뜻을 비유적으로 이르는 말이다. 독자는 글의 전후 사정으로 미루어 충분히 이해할 수 있는 내용은 일일이 작가의 표현에 의존하지 않고, 그 여백을 자기의 지식과 상상력을 동원하여 스스로 탐구해야 한다. 작가는 독자에게 전달하고자 하는 메시지를 정확하고 간결하게 표현하되 사설(私說)은 가급적 삼가고 침묵의 공간인 행간의 여백을 두어 독자로 하여금 주체적으로 작품을 이해 할 수 있도록 해야 한다. 글귀와 행간 속에 잠긴 사상은 독자의 마음에 강하게 새겨진다. 행간의 여백에 독자의 무한한 상상력이 허용되기 때문이다. 독자는 작품을 이해할 때 전체적인 줄거리보다는 어둠이 있어 살아나게 되는 빛과 같이 행간의 여백을 미루어 살펴봄으로써 한 작품을 제대로 음미할 수 있어야 한다.

요즘 우리 사회는 과욕으로 자신뿐만 아니라 다른 사람에게도 피해를 주는 일이 종종 있다. 이는 홍수 때 댐을 넘는 물과 같다. 정도를 지나침은 미치지 못함과 같다는 과유불급(過猶不及)의 성어를 생각하면 내가 쓰는 글 역시 화사첨족(畫蛇添足)이 되지 않을까 염려스럽다.

좋은 글을 — 짓기 위한 제언

세상살이가 힘들고 고생스러울 때마다 산에 오르기 시작했다. 그간 전국의 산을 돌아다니며 많은 것을 보고 배울 수 있었다. 하지만 산에 오르는 횟수가 많아질수록 아쉬움 또한 컸다. 아름다운 것을 보고도 오랫동안 간직할 수 없는 한계를 알았기 때문이다. 하루는 카메라를 가지고 산에 가서 산 풍경을 담아왔다. 집에 와서 사진을 들여다보니 현지에서 보았던 자연의 느낌이 사진 속에서 생생하게 되살아났다. 그날 이후로 부지런히 사진을 찍어 날랐다. 그러나 그것도 잠시, 사진으로 남겨진 경치는 생명력이 없음을 알게 되었다. 변하지 않는 모습에 싫증도 났다. 사진이 쌓이다 보니 보관에도 문제가 생겼다. 소중하게 간직하여 추억을 들여다보기보다는 버려지는 사진이 더 많았다.

하루는 눈꽃이 만발한 태백산에 오르다가 산 중턱에서 걸음을 멈추었다. 신령한 모습으로 서 있던 주목 앞에서 나는 산에 오르는 것을 잊고 한동안 그 자리에 묶여있었다. 한참 만에 정신을 차리고 메모지를 꺼내 당시의 풍경을 보고 느낀 대로 종이에 적었다. 집에 돌아와서 메모지를 보며 그 내용을 정리하였다. 산에서 보았던 느낌이 그대로 되살아났다. 기억 속 아름다움이 마음이란 여과 장치를 거쳐 글로 새롭게 태어났다. 글이란 오랜 시간이 지난 다음에 다시 읽어도 늘 현장에 있는 것과 같은 생동감이 있다. 사진이 하나의 사실만을 기억하게 하는 전달 매체라면, 글은 사실에 생각이 결합하여 오래도록 남아있는 저장고라 할 수 있다.

산에 다녀와서 쓴 글이 하나둘 쌓이기 시작했다. 나는 지나간 일이 그리워질 때면 내가 쓴 글을 꺼내서 읽기를 반복했다. 그러던 어느 날, 나는 내가 쓴 글을 읽으면서 무언가 부족한 점을 느끼게 되었다. 나의 글에서 인생에 대한 의미와 해석이 보이지 않는다는 점이었다. 수필을 쓸 때는 자기 나름대로 삶에 대한 의미를 부여하거나 새로운 해석이 있어야 하는데 아쉬움이 컸다. 그로부터 나는 삶의 과정에서 느낀 감정을 되새김질하여 새로운 의미를 창출하고 언제 어디서나 사물을 깊이 헤아려 그것을 의미화 하여 주제를 끌어내야 한다는 생각으로 글을 썼다. '인생에 대한 새로운 해석'에 관하여 고민하며 나름대로 좋은 글을 짓기 위한 몇 가지 내용도 주목했다.

좋은 글을 짓기 위해서 필요한 요소 중 하나는 여행이라고 생각한다. 여행은 단순히 사실만 보고 느끼는 것이 아니라 본질에서 나를 들여다보는 행위가 된다. 우주 자연의 생명력을 보면서 나의 존재를 생각하게 되고, 전대(前代)의 역사를 보면서 나의 미래를 예측할 수 있다. 이처럼 여행은 많은 것을 깨닫게 한다. 또한 여행은 생활에 여유를 갖게 하여 마음의 그릇을 키워 준다. 간접체험을 직접체험으로 바꾸는 것만으로도 여행은 그 어떤 지식보다 유용한 가치가 있다. 낯선 곳에서 처음 보는 장면은 그 의미가 더욱 새롭고 그것을 제대로 보려는 마음은 자연과 마음을 잇는 깨달음의 통로가 된다. 그래서 글을 쓰는 사람들은 여행지에서 많은 글감을 얻게 된다고 한다.

물질이 변하니 정신을 바꾸자는 말이 있다. 빠른 속도로 발전하는 기계문명은 하루가 다르게 변화한다. 불과 몇 년 전까지만해도 소수의 전유물이었던 손전화기는 이제 생활필수품이 되었다. 그러다보니 예전에는 일정한 문구(文具)가 있어야 상대방에게 글을 쓸 수 있었지만 이제는 기기를 통한 문자를 활용하여 자기의 생각을 온전하게 전할 수 있다. 사람들이 읽기 쉬운 글은 중학교 3학년 수준의 문장을 말하는데 한 문장의 글자 수는 대략 40자정도이다. 우리가 사용하고 있는 손전화기로 문자 하나를 보내는데 기본 자수가 한글 40자로 맞춰있으니 웬만한 문장 하나는 얼마든지 구사할 수 있는 셈이다. 글이 간결할 때 읽는 사람이 이해하기도 쉽다. 문자 메시지를 통신의 도구로만 생각하지 않고 가까운 사람에게 아름다운 문장을 만들어 보내는 용도로 사용한다면 의사 전달 뿐 아니라 문장을 구성하는 능력 또한 좋아질 것이다.

인생은 하루하루가 쌓여서 만들어진다. 그래서 작은 일을 철저하게 준비하며 살아가는 사람은 그렇지 않은 사람보다 인생을 더 풍요롭게 살아갈 수 있다. 활기찬 하루를 만들기 위해서는 명상이 아주 중요하다. 명상은 하루 생활 중에서 잠깐씩 나를 돌아보며 세상을 이해할 수 있는 시간으로 만들 수 있다. 명상을 즐기기 위해서는 평소 아름다움을 접할 때마다 그것을 머릿속에 기억하고 가슴속에 쌓아두는 연습이 필요하다. 물론 처음에는 쉽지 않다. 오랫동안 연습에 의해서만 이루어질 수 있는 심성 활동이기 때문이다. 수련에 익숙해지면 본디 자신의 존재를 확인할 수 있고 어려운 상황에서도 평상심을 유지할 수 있는 여유가 생기게 된다.

중국 송(宋)나라의 구양수는 좋은 문장을 짓기 위해서는 책을 많이 읽고, 생각을 많이 하고, 글을 많이 써야 한다고 했다. 그중에서도 특히 다상량(多商量)을 강조했는데 이는 끊임없이 사색하는 가운데서 새로운 아이디어가 떠오른다는 말이다. 곱게 핀 장미를 보고 그냥 아름답다고 하는 정도의 느낌만 있다면 아름다움은 단순히 그 자리에 머물고 말 것이다. 하지만 그 꽃에서 아름다움의 의미를 찾아내려 노력한다면 그 감정은 오래도록 가슴 속에 남아 있을 것이다. 작가는 명상 속에서 생각을 정리하고 그 생각을 글로 연결하려고 노력할 때 더 좋은 글을 쓸 수 있으리라 생각한다.

우리는 독서를 통하여 학문적 기초와 전문성을 기를 수 있으며 올바른 인생관과 세계관을 세울 수 있다. 독서는 지식과 정보를 얻는 것뿐만 아니라 사고력과 상상력을 키울 수 있고 깨달음과 지혜를 얻기도 한다. 이처럼 독서를 활용한 지적 감각의 성장은 좋은 책에서 이루어진다. 책은 좋은 글을 심어 놓은 지식의 밭이다. 농부가 밭에서 농작물을 수확하듯 독자는 책에서 다양한 지식을 얻을 수 있다. 하지만 농부가 농작물을 수확했다고 해서 그것으로 모든 것이 끝나는 것이 아닌 것처럼 독자도 마찬가지이다. 지식의 밭에서 수확한 인식이나 이해를 독자 나름 여과 과정을 거쳐 알곡만 걸러내야 한다. 이렇게 걸러진 알곡은 독자가 원하는 대로 가공하여 다른 용도로 사용할 수 있다. 특히 수필작가는 독서를 통해서 얻은 지식을 자신의 맑은 영혼과 결합하여 세상 속으로 자꾸 내보내야 한다. 그렇게 되면 이 세상엔 또 하나의 새로운 불이 밝혀져 더욱 아름답게 빛날 것이다.

평소 말은 잘하는데 글 쓰는 일은 참으로 어렵다고 말하는 사람이 있다. 말은 어려서부터 자연스레 익혀 사용하지만 글 짓는 일은 주변에서 쉽게 접할 수 없어서 그렇게 생각하는가 보다. 어린 아이들이 말을 배울 때는 같은 단어를 수백 번 듣고서야 제대로 된 말을 구사할 수 있다. 하나의 단어가 사람들의 머릿속에 제대로 인식되기 위해서는 수없이 많은 반복 과정을 겪어야한다. 하지만 사람들은 평상시 글쓰기에는 대단히 인색한 편이다. 오히려 글

쓰는 사람을 특별한 사람으로까지 생각한다. 글쓰기는 특별한 사람만이 하는 것은 아니다. 생활을 통해 얻은 느낌을 그때그때 기록하다 보면 이내 문장력이 향상된다. 말이 생활 속에서 천천히 익혀지듯 문장력 역시 생활하면서 느낀 감정을 자연스럽게 적다 보면 쉬 좋아질 것이다.

글쓰기의 마지막 단계는 비판적 이해다. 비판적으로 이해한다는 것은 어떤 대상을 부정적 또는 긍정적으로 이해한다는 뜻이 아니다. 어떤 사실을 객관적으로 이해한다는 말이다. 사사로운 감정에 흔들리지 않고 한 대상에 대하여 자기와 관계에서 벗어나 제삼자 입장에서 사물을 보거나 생각하는 것이다. 글 쓰는 사람은 자신이 쓴 글이나 다른 사람이 쓴 글을 내 입장에서 또는 다른 사람의 입장에서 찬찬히 들여다보면 자기가 글을 써 가는 방향을 읽을 수 있다.

현대는 과거와 달리 지역 구분의 개념이 희미해졌을 뿐만 아니라 국가와 국가 간 경계선마저 무너진 지 오래다. 이처럼 빠르게 변화하는 사회에서 작가는 아름다운 우리말을 보존하면서도 세대 간 틈을 극복하고 인간 삶의 본질에 접근할 수 있는 글을 쓰기 위해 부단히 노력해야 한다. 우리 삶의 단면을 과거와 현재 그리고 미래의 문화를 상상으로 연결해서 기록하고 문화생활에서 오는 긍정의 요소를 뽑아내 좋은 점으로 발전시켜야 한다. 이것이 좋은 수필을 쓸 수 있는 관건이라 생각한다.

좋은 글 — 좋은 말

저녁 시간, TV방송을 보고 있는데 출연자 한 사람이 자신이 살아온 지난 이야기를 하면서 걸러지지 않은 말을 거침없이 쏟아내고 있었다. 사회자는 그의 발언에 동조하는 듯한 말로 대담을 이어갔다. 나는 다른 방송으로 채널을 돌렸다. 많은 사람의 사랑을 받는 연예인이 다중을 상대로 하는 방송에서 하는 말치고는 지나치게 경박스러워서 한동안 그 방송을 보지 않았다.

우리가 사용하는 언어는 말과 글로 나누어진다. 이 둘은 사고와 의사 표현이 수단이라는 공통점을 가지고 있다. 하지만 이들은 개인에 따라서 차이가 있다. 평소 말은 잘하는데 글재주가 없다고 하는 사람이 있는가 하면, 글은 잘 쓰는데 구변(口辯)이 없다고 말하는 사람도 있다. 그런데 글재주가 있는 사람이 쓰는 글은 다 좋은 글인지, 말재주가 있는 사람이 하는 말은 다 좋은 말인지에 대해서는 깊이 생각해 볼 필요가 있다.

좋은 글은 화려한 수식어로 치장하지 않는다. 어려운 단어를 무분별하게 사용하지도 않는다. 글쓴이가 자기의 생각을 분명하게 전달할 수 있을 때 독자는 글의 내용을 편안하게 읽을 수 있다. 좋은 글은 청잣빛 가을하늘에 한 떼의 뭉게구름이 유유자적 떠다니듯, 근원이 다른 물줄기가 서로 섞이어 흐르지만 어느 것에도 막힘이 없듯, 글을 쓰는 사람과 읽는 사람 사이에 소통(疏通)이 자연스럽게 이루어지는 것을 말한다. 소통은 어떠한 것도 막히지 않고 잘 통한다는 뜻이다. 결국 좋은 글이 되기 위한 중요한 요소는 필자와 독자의 소통이라는 점을 알 수 있다.

좋은 말은 희망과 감동을 준다. 평소 말을 잘하기로 소문난 사람 중에도 말을 잘한다기보다는 말 옮기기를 잘하는 사람이 꽤 많다. 그들은 진실을 말하기보다는 임기응변적 화술에 치우쳐 말을 하고 있기 때문에 그들의 말은 스쳐 지나는 바람처럼 쉽게 잊히고 만다. 좋은 말은 마음의 실체를 온전히 담아 전하는 말이다. 선지자들은 한두 마디로도 우주의 실체를 전하는데 부족함이 없다.

그렇다면 어떻게 하면 말을 잘 할 수 있을까. 말을 잘하기 위해서는 우선 대화의 대상을 자기가 세상에서 가장 좋아하는 사람이라고 가정하고 말을 시작해야 한다. 말의 생명은 진실이기 때문에 사랑하는 사람 앞에서는 거짓말을 할 수 없다. '한 사람 앞에서 말을 할 수 있는 사람은 수만의 청중 앞에서도 말을 할 수 있다.'는 말이 있다. 이는 꾸밈없이 하는 말 한마디는 어떠한 상황에서도 통할 수 있다는 말로 바꿔 생각할 수 있다.

　좋은 글을 쓰고 좋은 말을 하기 위해서는 평소 다른 사람이 쓴 글을 많이 읽고 많이 써야 한다. 그러다 보면 말을 잘하면서 글도 잘 쓰게 되고 글을 잘 쓰면서 말도 잘 할 수 있게 된다. 좋은 수필 역시 마찬가지다. 수필은 자연이나 사회 현상, 또는 자기의 생각이나 주장에 관해 견해를 밝히되 그 흐름이 자연스럽게 이어져야 한다. 상식과 일상에서 얻어진 경험을 바탕으로 서술하되 삶의 방향에 희망의 빛을 전할 수 있어야 한다. 자신의 존재를 삼라만상과 결부시켜 그 느낌을 끌어내되 근원적 생명현상을 밝혀야 한다. 수필은 결코, 문장 속에 멋진 단어나 미사여구(美辭麗句)로 채워 넣는 것을 목적으로 하는 글이 아니다.

　수필을 사고의 결과라고 말하는 것은, 단순히 단어와 단어를 결합하여 문장을 엮어 나가는 것이 아니라 고도로 복잡한 사고 과정을 인생이란 마당에 펼쳐놓고 각자의 삶이 글 속에 녹아 내려가게 하는 고등정신이 필요하기 때문이다. 이외에도 좋은 수필을 짓기 위해서는 말하고자 하는 것에 대한 분명한 자각과 함께 국어의 체계, 문장 구조에 대한 이해도 필요하다. 수필은 머리나 손끝에서 좌우되는 기술로 쓸 수 있는 글이 아니다.

　서녘 하늘에 걸린 붉은 태양의 잔등에 올라서서 잠시 지난 시간을 들여다본다. 말과 글에 대해서 남의 얘기를 하는 나는 과연 글을 쓰거나 말을 할 때 다른 사람에게 피해를 주지 않았는지 곰곰이 생각해 본다. 나 자신의 허물에 대해서는 너그러우면서도 다른 사람의 과오에는 지나치게 따지지 않았는지 살펴본다. 특히 나의 잘못된 실수를 알지 못하고 다른 사람의 칭찬에 인색했는지도 생각해 본다. 따지고 보면 세상사 아무것도 아닌데 작은 것에 지나치게 욕심을 부리며 살았는지도 살펴본다. 앞으로는 사소한 일에 목매지 않고 한마음 한 가지 일에 최선을 다해 살아보고자 하는 적극적 의욕을 내 삶의 언저리에 묶어 두리라.

무형식의 — 형식

　수필 관련 월평(月評) 원고를 올리고 나서 어느 독자로부터 '무형식의 형식'에 관한 질문을 받은 적이 있다. 수필은 일정한 형식을 따르지 않고 인생사 느낀 감정이나 체험을 생각나는 대로 쓰는 글이라고 했는데, 왜 굳이 무형식의 형식이라는 말을 써서 형식을 찾게 하는지 궁금하다는 것이다. 나 역시 그 문제에 대해서는 오래전부터 궁금했던 터라 잠시 고민해 보기로 했다.

　사람들은 때때로 새장 속에 갇힌 새를, 철사 줄에 묶인 화초나 나무를, 수반 위에 꽂힌 꽃을 예술이라는 이름으로 설명하려 한다. 사물의 본질을 자신의 틀 속에 가두어 두고 자신만의 이해 방식으로 접근하려는 것이다. 물론 자연의 소중함을 정형화된 방식에 두지 않고 진정한 자유에서 찾고자 노력하는 이도 많다. 그들은 자연의 멋은 구속에 있지 않고 자유로움에 있음을 이해하려고 한다. 노자는 세상사 혼란의 원인을 인간이 만든 사회제도가 자연적인 본성에 어긋나는 과정에서 나타난다고 보았다. 인간이 관습이나 편견에 사로잡혀 세상 만물을 인위적으로 판단함으로써 자연으로부터 멀어지게 되었으며 사회적, 도덕적으로 많은 폐해가 생기게 되었다고 주장한다.

대학교 3학년 때 '종교철학' 과목을 수강한 적이 있다. 수강자 대부분은 종교학과 학생이거나 종교철학과 학생이었다. 이들과의 인연은 평소 신비함으로 가려있던 세상에 대한 새로운 경험이기도 했다. 평소 쉽게 다가갈 수 없는 보이지 않는 경계 안으로 들어간 것 같은 느낌이었다. 매시간 전해지는 새로운 분위기는 그때그때의 상황에서 나름대로 미루어 알아내야 했지만 시간이 흐를수록 그 깊이를 조금씩 이해할 수 있었다.

중간고사를 치르는 날이었다. 시험장에 들어온 감독은 학생들에게 시험지만 나눠 주고 강의실 밖으로 나갔다. 그들은 시험 종료 종이 울리고서야 들어왔다. 나는 무감독 시험을 치르면서 그동안 한번도 경험해 보지 못한 데서 오는 어색함도 있었지만 많은 것을 새롭게 느꼈다. 내 마음 밖의 세상에 대하여 깊이 생각할 수 있는 시간이었기에 종교에 관한 소중한 가치가 무엇인가를 조금 알 수 있었다. 시험이 끝날 때까지 수험생들의 자세는 흐트러지지 않았다. 오히려 긴장한 것은 나였다. 솔직히, 모르는 문제에 대해서는 곁눈질이라도 하고 싶었지만 시험 분위기가 워낙 진지해서 미동도 할 수 없었다. 시험지 넘기는 소리가 세상에서 가장 큰 소리로 들릴 정도여서 여간 조심스럽지가 않았다. 그날 이후로 나는 형식을 벗어버린 자유가 이런 것이구나 하는 생각을 하게 되었다.

우리 속담에 '옷이 날개다.'라는 말은 있어도 생활 규범 속에 사람마다 옷을 어떻게 입어야 하는 가를 구체적으로 정해 놓은 규정은 없다. 사람에 따라서 자기가 선호하는 방식대로 상황에 맞춰 옷을 차려입으면 된다. 하지만 옷을 입고 다니는 사람에게 어떤 형식이 정해져 있지 않다고 해서 아무거나 걸치고 다니는 사람은 없다. 이렇듯 세상에는 어느 특정한 형식이 정해져 있지 않으면서도 사회질서의 테두리 속에서 자연스레 표현되는 미풍양속(美風良俗)이 존재한다.

수필에서 '무형식의 형식'이라는 말은, 형식이 없는 것 같으면서도 엄연히 형식이 존재한다는 의미로 이해할 수 있다. 이를 좀 더 넓은 의미로 바라보면 자연현상이 만들어내는 우주 질서와도 연관성이 있다. 자연계는 인간에 의해 정해진 형식이 따로 없다. 세상 모든 것이 질서이며 불변의 가치를 만들어내는 규칙이기 때문이다. 그 규칙은 별도의 강제력이 없지만 우리 삶에 있어서 절대적이다.

수필은 인간 본연에 관한 이해이자, 자연 질서에 대한 적극적 표현이다. 그러하기에 수필은 다른 장르의 글과는 달리 치밀한 계산과 깊은 사색의 결과로 빚어진다. 사색의 힘은 어떤 논리로도 제어할 수 없다. 마음속 내밀한 언어에서 삼라만상의 보편 진리에 이르기까지 어느 한 곳도 미치지 않는 곳이 없다. 무한 영역을 통해서 우주와 하나 되고 그 속에서 인간의 근본을 찾아가는 문학이기에 시공을 포함한 모든 영역에서 가장 잘 표현된 문학이라고 볼 수 있다. 따라서 수필가는 자유로운 생각을 최대로 살려서 독자가 감동하게 하고 자신의 삶을 열정 가득히 채워나가야 한다. 한 줄을 적더라도 분명한 주제 의식과 정제된 문장을 구사하여 자연과 자연·자연과 사람·사람과 사람 사이를 분주하게 오가며 문학적 개성으로 발전 시켜 나가야 한다. 이것이 수필에서 무형식의 형식이 아닐까 하는 고민을 살짝 해 본다.

6장

아름다운
건망

아름다운 ― 건망

　월악산 제비봉에 오르다가 전망 좋은 자리에서 충주호를 바라
보니, 신이 화폭에 산수화를 그려놓은 듯 신령스러움이 느껴진다.
강줄기는 고불고불 부드럽게 이어지고 강물은 찬란한 하늘빛을
온몸으로 느끼며 유유히 흐른다. 세상 속에 있으면서 세상을 잊은
사람처럼 한동안 아무 생각 없이 앉아 있는데 까마귀 한 마리가
날아와 꿈같던 시간을 현실로 되돌려 놓는다. 고요했던 머릿속이
갑자기 까마귀 생각으로 바뀌었다.

　우리는 어떤 일을 하다가 깜박 잊었을 때, 흔히 '까마귀 고기
를 먹었나.' 한다. 까맣게 잊었다는 말을 까마귀의 까만빛에 빗대
어 이해하거나 까마귀와 까먹다처럼 어형이 비슷한 단어에서 느
낄 수 있는 언어의 유의성에서 온 것이 아닌가 싶다. 그래서인지
이러한 속설을 우리는 곧잘 까마귀와 건망증으로 연관 지어 설명

하기도 한다.

등산을 좋아하는 A가 어느 날 북한산에 갔다. 산행 출발 당시에는 안개가 자욱해서 아주 가까운 거리도 바라보기 힘들었지만 정상에 도착했을 때는 날씨가 활짝 갰다. A는 마음에 평화를 느꼈다. 육체적, 정신적 긴장감도 많이 해소되었다. 하지만 사물을 바라보는 능력이 많이 떨어졌다. 이상하다 싶어 안경을 벗어든 A는 실소(失笑)를 금할 수 없었다. 간밤에 렌즈를 바꿔 끼우기 위해서 안경알을 빼놓았는데 그 안경을 쓰고 나왔던 것이다. 산꼭대기에 오를 때까지 안경알이 있었는지 없었는지도 모르고 계속해서 빈 안경을 쓰고 다녔으니 얼마나 황당한 일인가.

B는 평소 정리정돈을 잘하고 맡은 일을 빈틈없이 처리하는 직장인이다. 하루는 승용차로 출근하기 위해서 지하주차장에 내려갔는데 뭔가 챙겨오지 못한 물건이 있는 것 같아 허전함이 들었다. 시동을 켜고 출발하려는 순간에야 무엇인지 생각나서 집으로 전화했다. 집사람이 전화를 받자, 그는 집에 손전화기를 놓고 온 것 같은데 한번 찾아보라고 했다. 그렇지 않아도 출근 시간은 늘 바쁘기 마련인데 얼마나 필요한 물건이면 전화까지 했을까 하는 심정으로 부인은 열심히 집안 구석구석을 뒤졌다. 하지만 집안에는 그의 손전화기가 없었다. 그러다가 문득 부인은 쓴웃음을 지었다. 부인은 남편에게 "지금 당신 무엇으로 통화하고 있는 거예요?"라고 물었다.

C는 비가 많이 내리던 날, 마음이 울적해서 쇼핑이나 할까 하는 마음으로 인근 백화점에 가기로 했다. 비가 내리는 날에는 얼굴에 그늘이 생기고 마음마저 답답해지는 것 같아 평소보다 화장을 진하게 하고 옷도 밝은 색상으로 바꿔 입고서 바깥나들이에 나섰다. 백화점 안으로 들어갔다. 백화점 이곳저곳을 돌아보는데 마주치는 사람마다 웃음을 짓는다. 그는 더욱 자신감 있게 매장 안을 돌아다녔다. 많은 사람이 자신의 수준 높은 미감(美感)에 반하여 부럽게 바라보는 것으로 알았다. 한참을 그렇게 돌다보니 답답했던 마음도 많이 풀렸다. 그런데 얼마 후 연배가 비슷해 보이는 한 여자가 조용히 자기 옆으로 다가왔다. 그 여자가 C에게 살짝 얘기한다. "언니, 실내에서 계속 우산을 쓰고 계시네요."

D는 모처럼 가족과 함께 집에서 TV를 시청하고 있었다. 그때는 한·일전 축구경기가 진행되는 시간이라서 약간의 긴장감 속에 텔레비전 앞에 앉았다. 그런데 갑자기 정전이 되었다. D는 초를 찾기 위해서 황급히 일어섰다. 초를 찾기 위해서는 우선 불을 켜야겠다는 생각으로 전기 스위치를 올렸다. 하지만 불은 들어오지 않았다. 반복해서 같은 동작을 하고 있는데 아이들이 "아빠, 지금 뭐 하고 있는 거예요?" 하는 말을 듣고서야 자신이 평소 습관에 얼마나 매여 사는지를 알았다.

까마귀가 더욱 크게 울어 댄다. 자신의 흉을 보는 것에 시위라도 하는 것인지, 자신에 대한 인간의 편견을 바르게 설명이라도 하려는 것인지…. 까마귀는 까먹기를 좋아한다는 속설처럼 기억력이 나쁜 새는 아니다. 오히려 까마귀는 머리가 좋다는 학설이 많이 발표되었다. 달리는 자동차 바퀴를 이용해서 딱딱한 호두 껍데기를 깨어 알맹이를 먹는다든지, 수도꼭지를 틀어 물을 마시는 경우도 있다. 특히 남태평양에 사는 까마귀 중에는 줄기와 잎으로 도구를 만들어 사용한다. 기억력이 좋아서 한 번 본 것이나 먹이를 숨겨둔 장소를 오래도록 기억하기도 한다.

고사성어에도 반포지효(反哺之孝)란 말이 있는데 명나라 이시진의 본초강목(本草綱目)에 의하면 '새끼가 어미를 먹여 살리는 데는 까마귀만 한 놈도 없다. 그래서 이름도 자오(慈鳥)라고 했다.' 곧 까마귀의 안갚음하는 습성에서 반포(反哺)라는 말이 나왔으며 이는 지극한 효도를 의미한다. 그렇다면 까마귀는 효조(孝鳥)인 셈이다.

하산 길 계곡에는 맑은 물이 쉼 없이 재잘거리며 흘러내리고 있다. 나는 그들이 전하는 산사랑 이야기를 귀담아들으면서 잠시 자연 속 낭만을 즐겼다. 계곡을 지나 아기자기하게 이어지는 바윗길을 걷게 되었는데 돌 틈 사이로 깨끗한 물이 흘러내려 옹달샘을 이루었다. 시원한 물을 한 바가지 퍼서 단숨에 들이마셨다. 청량제가 따로 없다. 제비봉의 신령한 정기가 온몸으로 번진 듯 몸과 마음이 개운했다. 정상을 향해 걷느라 힘들었던 다리에 다시 힘이 생기고 비처럼 쏟아지던 이마 위의 땀방울도 잠시 멎었다. 이렇듯 산속 샘물은 산꾼들에게 생명수와 같다.

이제 내 나이 칠십이 가까워지니 주변에 웃지 못할 일들이 하나둘 생긴다. 어느 때는 사람이 이렇게 늙어 가는가 보다 하는 생각에 서운하기도하지만 달리 생각하면 꼭 그런 것만은 아닌 것 같다. 나이가 들어서도 과거 좋지 못한 일까지 잊지 못하고 일일이 기억한다면 그 또한 불행한 일이 아닐 수 없다. 그러니 나이가 들면 어느 정도 잊을 것은 잊으며 살아가는 것이 행복일 수도 있다. 외려 나이가 들어가면서 종종 나타나는 건망증을 노화의 한 부분으로 서운해 하기보다는 인생을 살아가면서 불필요한 것은 걸러내고 필요한 것만 골라서 우리의 생명력을 키워나가는 일종의 인생 가지치기로 받아들인다면 마음이 새롭게 변화되리라 생각한다. 샘물은 대자연 속에서 온갖 순환과정을 거쳐 우리가 사는 세상 속으로 모습을 드러낸다. 비록 그 양은 적지만, 넘쳐서 흘러내리는 계곡물과는 사뭇 다르다. 우리 인생 역시 살아가면서 불필요한 것은 과감하게 버리고 꼭 필요한 것만 기억할 수 있다면 늘 맑은 마음으로 세상을 살아갈 수 있을 것이다.

건망증은 나이가 들어가는 사람들의 삶을 단순하고 편안하게 가져다주는 일종의 정화제가 아닐는지 생각해 본다.

선한 ― 영향력

　고희(古稀) 즈음에 새로운 버릇이 하나 생겼다. 사람에 대한 호불호가 분명해졌다. 예전 같으면 조금 불편한 관계라도 만남 자체는 거부하지 않았는데 이즘엔 거리감이 느껴지는 사람과는 아예 약속하지 않는다. 그러나 내가 심중에 두고 있는 사람과는 오랜 시간 함께 있다 헤어졌을지라도 아쉬움이 남으면 바로 연락을 취하기도 한다.

　코로나19 바이러스가 빠른 속도로 세력을 넓혀갈 무렵, 문밖출입마저 어려웠던 적이 있었다. 전염병 예방을 위해서는 모두가 마스크를 써야 했는데 마스크 한 장 구하는 게 여간 어려운 일이 아니었다. 약국 앞에서 몇 시간씩 줄을 서서 기다리고도 사지 못하는 사람이 많았다. 그러던 어느 날 택배 하나를 받았다. 평소 알고 지내던 노(老) 선배께서 마스크 열 장을 보내왔다. 선배는 밖에 나갈 일도 그리 많지 않고 사람 만날 일도 거의 없다며 자기 몫으로 준비한 마스크를 활동이 많은 내게 보낸다는 것이었다. 모임에서 그분을 뵐 때마다 남을 도와주거나 보살피는 마음이 크다는 것은 익히 알고 있었지만 내가 직접 수혜자가 되고 보니 마음이 찡했다. 나는 받은 물건을 몇 번이고 들여다보고 만지작거리다가 문득 나도 선배와 같이 다른 사람을 위해 쓰는 게 좋겠다는 생각을 하고서 선배로부터 받은 마스크에 내가 가지고 있던 마스크를 추가해서 아파트 경비실에 갖다주었다. 시간이 지날수록 마스크 사정은 방송사 메인 뉴스에서 다루어질 정도로 어려워지고 있었다. 며칠 후, 아파트 경비원으로부터 연락이 왔다. 보내 준 마스크는 잘 쓰고 있으며 따뜻한 마음에 감사하다고 했다. 그러면서 보낸 마스크 중에서 일부는 폐휴지 줍는 노파에게 전했다는 말도 함께 했다. 작은 성의에 큰 감사를 받으니 오히려 쑥스러웠다. 한편으론 모두가 힘들어하는 코로나 상황에서 잠시 시름을 잊고 누군가의 고마움에 마음이 따뜻해지는 선행에 불을 댕긴 노 선배가 고마웠다.

코로나19로 닫힌 마음을 유혹이라도 하듯 청명한 날씨가 이어졌다. 가벼운 마음으로 외출하기 위해서 지하 주차장으로 가는데 갑자기 현기증을 느꼈다. 생각할 겨를도 없이 닥친 일은 시간이 지날수록 더욱 나빠졌다. 주차장 건물 벽이 이리저리 기울어지며 잇따라 흔들리고 천장은 빙글빙글 돌고 있어서 앉아있기도 누워 있기도 힘들었다. 가까스로 집으로 연락해서 집사람이 달려오고 곧바로 119에 도움을 청했다. 응급차가 도착했는데 이번에는 구토가 심하게 왔다. 점점 더 상황이 나빠지고 몸 하나 까딱하는 것조차 힘들었다. 혼란 중에 구급대원 한 사람이 곁으로 다가와서 위로의 말과 함께 토물로 엉망이 된 주변을 대충 정리하고 깨끗한 마스크를 씌워 주었다. 가까스로 병원 응급실에 도착했을 때에도 형편은 나아지지 않고 울렁거림과 구토가 이어졌다. 이번에는 응급실 간호사가 내게 와서 인적사항을 자세히 묻고 새 마스크로 갈아 주었다.

힘든 시간이 지나고 안정이 되자 응급실에서 일반실로 병실을 옮겼다. 병실 침대에 누워있으니 지난 일에 대해 잠시 생각해 볼 여유가 있었다. 어려운 상황에서도 차분하고 침착하게 돌보아준 구급대원의 헌신에 감사했고 상냥한 미소로 아픔을 안아주었던 간호사가 고마웠다. 무엇보다도 흐르고 흘러서 다시 나를 찾은 마스크가 선한 영향력의 한 표징 같아서 마음이 부듯했다. 애초부터 의도하지는 않았겠지만 선배의 작은 선행은 고마움이라는 감동을 만들고 그 감동은 다시 선행으로 이어지는 긍정의 신호가 되어 내게 돌아오지 않았나 싶다.

선행은 흐르는 물과 닮은 점이 많다. 물은 끊임없이 흘러가는데도 언제나 같은 자리에 있는 것처럼 보인다. 하지만 그 물은 매 순간 새로운 물이다. 흐르는 물이 장애물을 만나면 잠시 멈칫하다가도 장애물을 돌아 새로운 물줄기를 만들어 앞으로 나아간다. 오히려 새 물줄기가 탄생하는 시점에서는 셀 수없이 많은 물방울이 수면 가득 번지면서 고운 물무늬를 만들어 낸다. 물무늬는 흘러감과 동시에 새로움으로 채워지지만 궁극에는 하나임을 알 수 있다. 우리네 삶에서 발현되는 선한 마음 역시 계속해서 흘러가는 속성이 있으며 어려움이 커질수록 응집력이 높아진다. 한 사람의 선행은 다른 사람에게 전파되어 또 다른 선행을 낳는데 이는 어진 행실을 보고 따라 하려는 사람이 많아지기 때문이다. 선한 이야기가 도미노처럼 파급력을 갖게 되는 것은 한 사람의 맑은 영혼이 잠들어 있는 수많은 다른 영혼을 깨워 선행의 무늬를 만들어내기 때문이다.

퇴원 후에 노 선배를 만나 식사를 같이했다. 그분은 워낙 성품이 차분하고 조용해서 그와 함께 있으면 만사 여유를 느끼게 된다. 그는 너른 가을 들판과 같이 넉넉한 마음을 지녔고 후배의 마음을 깊이 헤아려 무슨 일이든 도와주려고 한다. 뿐만 아니라 어떤 문제든 정답이 눈에 훤히 보이는 것처럼 막힘이 없다. 그와 얘기하던 중 선배의 마음 씀씀이에 감사의 마음을 전하며 나도 주위 사람에게 조금이나마 도움이 될 일이 없을까 하고 운을 떼니 선배는 망설임 없이 손전화기 앱을 내게 보여 주었다. 자동이체 영수증이었다. 나는 집에 와서 그 주소를 찾아 작은 금액이지만 계좌이체를 했다. 각자 주어진 자리에서 자신의 일에 최선을 다하고 여력을 다른 사람에게 전하는 노 선배야 말로 진정 이 시대를 살아가는 작은 영웅이 아닐까 하는 생각을 했다.

나는 살아가면서 나보다 나은 사람과 관계 맺기를 원한다. 나의 생각이나 행동이 가벼워지는 것을 경계하고 진실한 마음 없이 세상을 살아가지 않는지 뒤돌아 볼 때 그들은 내 생활의 거울이 되기 때문이다. 무엇보다도 더불어 살아가는 공동체적 삶에서 내 역할을 제대로 하지 못할 때 그들은 내게 무언의 메시지를 전해준다. 소외된 이웃과 소통하기 위해서는 먼저 진정한 마음이 선행되어야 한다는 교훈도 얻는다. 코로나가 활개 치는 이 시기에 우리 사회를 안전하게 이끌어가는 각계각층의 지도자들은 이 시대의 진정한 영웅이다. 그와는 달리 어떤 바람도 없이 타인을 먼저 생각하고 자신의 마음을 비울 줄 아는 사람 역시 작은 영웅이다.

큰 강물은 애초부터 많은 양의 물을 가지고 있는 것은 아니다. 한 방울의 물이 모여 줄기를 이루고 그 줄기가 계곡을 만나 흐르는 동안 점차 덩치를 키워 큰물을 만든다. 우리의 선행이 바로 이와 같은 것이 아닐까.

가을은 — 참 아름답다

'가을은 참 괴롭다, 하루하루가.'

잠시 밖에 나가는 일조차 머뭇거리게 할 만큼 유별나게 더웠던 지난여름, 이제는 더위가 물러가고 선선한 바람이 불어 야외활동을 즐기기에 딱 좋은 계절이다. 하지만 나에게 가을은 참으로 고통스런 계절이다. 환절기만 되면 비염 증상이 심해 재채기·눈물·콧물은 물론 눈살까지 가려우니 한시도 일에 집중하기가 어렵다. 그뿐만이 아니다. 비염은 대인관계에서도 불편한 점이 많다. 재채기할 때마다 주위 시선을 의식해야 하고 대중이 모인 자리에서는 코를 훌쩍거리는 일조차 눈치를 봐가며 해야 한다. 그럼에도 보통 사람들은 비염의 고통에 대해서 잘 알지 못한다. 그저 코에 염증이 있는 증상 정도로 이해하고 있으니 앓는 사람만 힘들 뿐이다.

오늘은 대학병원에 진료 예약을 한 날이다. 새벽녘에 재채기가 심하게 나고 콧물이 흘러서 평소보다 일찍 잠에서 깼다. 아파트 단지 내 다른 집에 불이 켜있는 곳은 한 군데도 없다. 까만 하늘 저편에서 별들이 도란도란 속삭이며 나에게 따스하고 평화로운 기운을 전해온다. 말간 콧물이 다시 흐르고 머리가 먹먹해질 무렵 밤하늘에 떠 있던 작은 별 하나가 빠르게 사라진다. 나는 어둠으로 지워진 빛을 오래도록 바라보고 있었다. 별똥별과 비염은 서로 상관관계가 없음에도 유성을 보며 내 안의 부정한 것이 사라지기를 기대하는 마음이 그 궤적을 좇고 있었나 보다. 날이 밝기까지는 아직도 많은 시간이 남아있었지만 모처럼 느끼는 밤 분위기가 좋았다. 그동안 잠 때문에 잊고 지내왔던 어둠의 세계를 조금 더 가까이서 함께 할 수 있었던 시간이었다. 새벽 별빛은 나의 마음을 알아차리기라도 한 듯 더욱 반짝였다.

지하철을 타고 병원으로 가는데 객실 안에서 다시 재채기가 시작되었다. 계속되는 분체는 멈출 줄 모르는데 맞은편에 앉아 있던 50대 중반의 여자가 다가와서 휴지를 건네준다. 그 사이 그 여자가 앉아있던 자리는 다른 사람 차지가 되었고 그 여자는 서서 가야 했다. 몸과 마음은 재채기에 반응하느라 힘이 들었지만 나는 미안한 마음에 목적지인 신촌역 바로 전 역에서 하차했다.

병원에 도착하여 접수를 마치고 진료 대기실에서 차례를 기다리고 있는데 낯설지 않은 사람이 옆자리에 앉는다. 가만히 생각해 보니 열차 안에서 내게 휴지를 건네준 여자였다. 참 묘한 인연이다. 그 여자도 이내 나를 알아보고는 가볍게 웃음을 짓는다. 그 역시 콧병이 있어서 병원에 다닌다고 했다. 그의 병은 나보다 훨씬 더 심각한 상태였다. 나는 병원에 오기 전까지만 해도 우울감으로 기분이 좋지 않았는데 막상 이곳에서 여러 사람을 만나다 보니 나의 병은 한갓 사치에 불과하다는 생각이 들 정도로 가벼운 증세였다. 진료를 마치고 귀가하기 전, 붉게 물들어 가는 대학 캠퍼스 이곳저곳을 돌아보았다.

단풍이 예쁘게 물든 교정, 젊은이들의 화사한 모습과 가벼운 발걸음이 가을풍경과 멋지게 어우러져 조화의 미를 만들어낸다. 얼핏 보기에 단풍은 성장의 끝점에 있고 젊음은 성장의 출발 선상에 있으니 서로 어색할 것 같은데도 그들은 자연스레 어울렸다. 자연계의 순환 과정이 그러하듯 우리 모두는 본디의 모습으로 흘러가는 것이니 앞뒤 순서가 그렇게 중요하지는 않은 것 같다. 나도 그들과 함께 걸었다. 자연과 하나 되고 젊음과 하나 되었다는 그 자체만으로 오늘 하루 행복을 충분히 보상받은 느낌이 들었다. 엄마와 나들이 나온 듯, 어린아이가 가을꽃 앞에서 꽃과 같은 표정을 짓는다. 꽃이 아름다운 것인지, 꽃을 보는 마음이 아름다운 것인지 잠시 헷갈리기도 했지만 꽃이 아름다우니 꽃을 보는 마음이 아름다워질 테고 꽃을 보는 마음이 아름다우니 꽃이 아름답게 보이는 것이 아닐까. 생동감이 넘치는 교정에서 자연과 인간의 조화로운 만남, 이들의 멋진 모습은 석양빛에 더욱 빛나 보였다.

집으로 돌아오는 지하철 안에서는 기분이 좋을 정도로 졸음이 밀려왔다. 보통 때는 좀체 느낄 수 없었던 여유로운 감정, 시간과 공간과 여러 가지 일이 어우러진 하루는 나의 마음을 신비의 길로 이끌어가고 있었다. 세상일이란 좋은 일 끝에 궂은일이 있을 수 있고, 궂은일 끝에 좋은 일도 일어날 수 있으니 항상 긍정적인 생각을 하며 살아가는 것이 최고의 삶이 아닐까 싶다. 눈꺼풀 속으로 지난 하루가 그림으로 그려지는 듯했는데 어느새 목적지까지 다 왔다는 안내 방송이 나온다. 늘 같은 상황에 전해지는 방송 언어였지만 오늘만은 좀 다르게 들려온다.

'가을은 참 아름답다, 하루하루가.'

세 번의 — 기적

살다 보면 평탄 대로를 활보할 때가 있고 험로에서 온갖 고초와 맞서야 하는 경우도 있다. 하지만 어느 쪽이든 신비롭고 불가사의한 일에 기대를 거는 건 인지상정이지 싶다. 온갖 재물을 가지고 있으면서도 더 많은 것을 모으기 위해 좋은 운수를 기대하는 일이나, 극복하기 힘든 상황에서 전광(電光)과 같은 구원의 희망을 바라는 마음은 누구나 가질 수 있기 때문이다. 우리는 신비적 체험을 통해서 예상하지 못할 정도의 결과를 두고 흔히 기적이라고 한다. 복권에 당첨되어 하루아침에 인생행로가 바뀌는 것도, 어려운일에서 극적으로 벗어나는 일도 이에 빗대어 표현한다.

나는 살아오면서 세 번의 기적을 체험했다.

내가 군 생활을 한 곳은 강원도 서화로, 하늘만 빠끔히 보일 뿐 주변이 모두 산으로 닫힌 산골이었다. 소집 해제 5개월여를 남겨

놓고 사격훈련이 있었다. 나는 여느 때와 마찬가지로 소대원들과 사격장으로 갔다. 사격장엔 우리 소대원 외에 다른 소대원들도 와 있었다. 사격을 하기 위해서는 소대 별 순서 조정이 필요했는데 우선순위를 놓고 이웃 소대 선임하사와 잠시 언쟁이 있었다. 다혈질 성향의 선임하사는 감정을 추스르지 못하고 실탄이 장전된 소총으로 위협했다. 그는 흰자위에 핏발이 드러날 정도로 이성을 잃었다. 대치 시간이 길어지면서 주변에 있던 다른 소대원들까지 위험한 상황에 놓이게 되었다. 위험천만한 순간, 나는 몸을 날려 그의 허리를 낚아챈 다음 기선을 제압했다. 학창 시절 럭비선수로 활동하면서 수도 없이 익힌 태클 덕분이었다. 아무런 사고 없이 상황을 벗어났다는 것 그 자체가 기적이었다. 나는 그릇된 그의 행동을 군법으로 엄중하게 처리할 수도 있었지만 화해를 택했다. 어차피 지난 일, 평생을 두고 원망 받을 일은 하지 말자는 것이 나의 정리된 생각이었다.

1980년대 초, 입사원서를 내고 면접시험을 치르려고 서울에 왔다. 서울역 플랫폼을 빠져나오는 동안 한번도 경험해 보지 못했던 서울 생활이 기대 반 우려 반으로 다가왔다. 대합실을 지나서 역 광장으로 나왔다. 육중하게 서 있는 빌딩 숲이 나를 압도했다.

새 직장에 처음 출근했다. 직원들의 인사가 사뭇 긴장감을 느끼게 할 정도로 깍듯하다. 시골에서는 사적인 예의에 크게 얽매이지는 않아도 언제나 따뜻한 정이 있어 마음만은 늘 편안했는데, 전임 직장에서 겪어보지 못했던 생활에 적응하느라 한동안 마음고생을 했다. 초기 서울 생활의 어려움은 사람과 사람 사이에 놓인 거리감에 있었다. 일상생활은 답답하게 이어졌다. 우울하게 보내는 시간이 많아졌고 고향 생각에 먼 산을 바라보는 횟수도 잦아졌다. 수더분한 사람들에게서 풍겨오던 시골 인심이 그리웠다. 모든 생활이 과거의 어느 한 시점에 멈춰 있는 듯 향수에 젖어 들었다. 누구와도 쉽게 마음을 열 수 없는 생활이 계속되었다.

우울감은 90년대 중반에 찾아왔다. 갑작스럽게 찾아온 아버지의 운명은 미 완결 상태의 채권 채무가 고스란히 유산으로 남겨졌고 가족의 우환은 끊임없이 이어졌다. 남동생의 급성 C형 간염 발병, 막내 여동생의 심장중격결손 수술 등이 잇따르면서 심신이 쇠약해져 결국 만성 설사와 함께 심한 불면증을 앓게 되었다. 이를 극복하기까지는 꽤 오랜 시간이 걸렸다.

나는 히말라야 트래킹을 통해서 많은 인생 경험을 했다. 그중에서도 체르고리봉은 기억 속에서 결코 잊지 못할 여행지이다. 칸진 곰파에서 새벽 네 시에 출발한 산행은 체력적으로 조금 힘들었지만 사면팔방으로 펼쳐지는 아름다운 경치는 인간의 욕심으로는 범접하기 힘든 신의 선물이었다. 한 발 한 발 내디딜 때마다 자연의 오묘한 변화를 느낄 수 있었고 마음은 천계를 거니는 듯했다. 착시라도 좋으니 오래도록 머물러 있으면 좋겠다는 생각이 들기도 했다. 예전에 밟았던 히말라야의 어느 곳보다도 깊은 풍광이 가슴 저미도록 밀려왔다. 해발 5,000m 정상 가까이에서는 숨이 목까지 차오르고 다리가 풀려서 힘이 부쳤지만 체르고리는 여전히 내 편에 있었고 나를 힘차게 포옹했다. 하산 길에선 설산 위로 펼쳐지는 뭉게구름이 산들산들 불어오는 바람결에 서서히 움직이고 있었다. 하늘을 나는 구름은 한 편의 그림책이, 동화책이 되면서 마음속 감정을 온통 흔들어 놓았다. 하지만 뭐든 정도를 지나치면 미치지 못하는 것일까. 아차, 하는 순간 나는 급경사 아래로 굴렀고 산상 여행의 감흥은 거기까지였다. 현지에서 카트만두까지 후송되던 헬기 안에서 나는 발끝까지 저리는 기억의 필름을 계속해서 돌려가며 가슴을 쓸어내렸다.

나는 몇 차례의 불가사의한 일을 겪으면서 본래 내가 가고자 했던 삶의 방향을 다시 점검해 볼 수 있었다. 세상일이라는 게 '진리와 말씀 외에는 아무것도 아니니 항상 감사하며 살아가자.'고 생각했다.

우리는 어려운 일에 놓이게 되면 깜짝 놀랄만한 결과를 기대한다. 특히 자신의 능력으로 감당하기 어려운 상황에서는 초월적 존재의 도움으로 문제가 해결되기를 희망한다. 소위 기적을 바라는 것이다. 하지만 절망적인 상황에 빠져본 사람들은 그 기적의 본래 모습은 날마다 반복되는 생활 속에 있음을 알게 된다. 삶의 궤도를 벗어난 일상을 예전의 평범함으로 되돌려 놓는 일이 얼마나 어려운 가를 몸서리치도록 체험하기 때문이다. 따라서 우리가 살아가는 하루하루의 삶은 기적이 온전히 녹아있는 이상 세계이다. 기적은 뭔가 새로운 일이 만들어지는 것이 아니고 어제와 오늘 그리고 내일로 연결되는 인생의 평범한 길가에 놓여있다.

"기적은 일확천금을 꿈꾸지 않는다. 그저 단 한 번만이라도 지난 일상으로 되돌아가기를 고대하는 것이다."라고 병상에서 들려주었던 어느 선배의 이야기가 일상의 중요함을 다시 한 번 깨우치게 한다.

오늘 하루도 집 나간 파랑새를 찾아 헤매기보다는 내 안의 파랑새를 지키며 세상 모든 일은 절대자의 섭리에 있음을 깨달아 하루하루가 평화롭게 지내기를 간절히 기도해 본다.

사랑나무에 걸린 ― 웃음꽃 한 송이

　밤새 많은 눈이 내려 세상이 하얗게 변했다. 승용차로 출근하려다 마음을 바꿔 걸어가기로 했다. 마을 뒷산으로 나 있는 작은 길을 따라서 걷는데 걸음을 옮길 때마다 눈 밟히는 소리가 제법 크게 들린다. 불과 열흘 전까지만 해도 화려한 의상으로 자태를 뽐내던 가을 나무는 이제 벌거벗은 모습이다. 지난밤 강풍으로 그 많던 잎이 지고 앙상한 가지만 남았다. 나무는 힘이 없고 무엇인가 잃어버린 상실감에 지쳐 보이기까지 한다. 자신과 한 몸이었던 나뭇잎을 세상으로 보내고 상심이 큰 모양이다. 그들은 지난여름 모진 비바람 속에서도 서로 끈을 놓지 않았는데 이제 와서 헤어져야 하니 얼마나 마음고생이 심하겠는가. 나무는 슬픈 마음을 추스르지 못하고 연신 어깨를 들먹인다. 땅 위에 떨어진 잎은 눈 이불을 덮어쓴 채 꼼짝하지 않는다. 바깥세상으로부터 완전히 갇힌 분위기다. 사랑하는 잎을 떠나보내고 외로워하는 나무나 몸체를 떠나 눈 속에서 적적해하는 낙엽을 보고 있으니 자식을 군대에 보낸 부모 마음이나 군대에서 부모 생각을 하고 있을 자녀의 마음을 보는 것 같다.

나는 눈 쌓인 산길을 걸으면서 육군훈련소에서 훈련 중인 아들 생각을 했다. 우리 아이는 지난주 훈련소에 입소했다. 그동안 고생이란 걸 한번도 해보지 않았기에 여간 염려스러운 게 아니다. 저녁에 잠은 제대로 자는지, 아침 기상 시간에 맞춰 일어나기는 하는지, 어디 아픈 데는 없는지, 동료와 관계는 잘 유지하고 있는지, 훈련은 잘 받고 있는지, 상사의 말은 잘 듣고 있는지 모두가 걱정뿐이다. 그동안 우리 아이와 나를 묶고 있던 단단한 끈이 풀어져 놓치고 만 것 같은 안타까움이 든다. 나무와 나는 동병상련(同病相憐)일까. 한발 한발 걷는 길이 쓸쓸하기까지 하다.

근린공원을 지나 숲속으로 난 길을 택해서 걸었다. 눈이 내리고서 아무도 가지 않은 길이다. 눈 덮인 낙엽이 발목까지 빠진다. 경사가 급한 곳에서 산 아래쪽으로 몇 발짝 미끄러졌다. 일어서서 바지 꼬리에 붙어있던 눈을 털고 있는데 나뭇가지 사이로 까치 한 마리가 날아와 울어댄다. 얼핏 나의 소심함을 놀려대는 것 같다. 속내를 들킨 것 같아 부끄러운 마음이 든다. 남자라면 누구나 한번씩 겪어야 하는 일을 나 혼자 호들갑을 떠는 것은 아닌지 모르겠다. 숲속으로 들어가니 그곳에는 작은 나무가 군락을 이루며 살아가고 있다. 눈옷을 걸치고 서 있는 그들은 마치 곰돌이 인형을 모아 전시해 놓은 것 같다. 잠시 그들 곁에 있다 보니 우울했던 마음이 사라진다. 숲을 빠져나올 즈음에는 마음이 한결 가벼워졌다. 나뭇가지 사이로 아침 햇살이 퍼진다. 눈 덮인 자연이 따뜻해 보인다.

밝은 마음으로 직장에 도착했다. 쉬는 시간에 훈련소에서 올린 사진을 인터넷망에 접속하여 컴퓨터로 보았다. '사랑나무'가 보인다. 사랑나무는 우리 집 아이가 훌륭하게 성장하여 소외된 이웃에 사랑을 전해 줄 수 있는 사람이 되었으면 좋겠다는 바람으로 우리 부부가 아이에게 지어준 어릴 적 애칭이다. 사랑나무의 얼굴에 환한 웃음꽃이 피었다. 사진을 보는 순간 나는 이 세상 모든 시간이 일시적으로 멈춰 버린 것 같았다. 아름다운 꽃을 보며 무슨 사족(蛇足)이 필요하겠는가. 그동안 염려했던 모든 걱정이 한꺼번에 사라졌다. 평소 연약하게만 보였던 아이가 군복을 입고 여유만만하게 서 있는 모습이 대견스럽다. 그곳에는 우리 아이뿐만 아니라 다른 장정이 함께 어울려 있으니 보기에 더 좋아보인다. 담장을 따라 곱게 핀 넝쿨장미와 같이 여럿이 있어 더욱 선명하고 아름답게 보인다. 사랑나무 곁에 피어있는 꽃을 들여다보고 있으니 상상의 세계에서 몰려온 온갖 새가 노래를 부르고 그 아래로 맑은 시냇물이 흘러내린다.

잠시 사무실 밖으로 나왔다. 영하의 날씨인데도 몸에 닿는 바람이 시원하게 느껴진다. 운동장 너머에 있는 나무를 본다. 출근 길에서 보았던 그런 나약한 모습이 아니다. 수목의 기개는 하늘의 근본을 깨닫고 나뭇잎의 응집력은 땅의 이치를 터득한 듯 천지조화 속에 순응하고 있다. 같은 나무인데도 무엇이 이렇게 나의 생각을 바꾸게 했을까.

나와 우리 사랑나무도 훈련소 입소를 계기로 새로운 가치 체계가 형성되기를 소망한다. 군 생활이 단순하게 자신의 활동 능력을 제한하는 격리 장소가 아니라 육체와 정신 건강을 신장시키는 삶의 충전소로, 소극적인 삶의 방식에서 적극적인 도전 정신의 장으로, 이기주의가 아니고 이타주의의 산실로, 피동적 움직임에서 능동적 역량을 키울 수 있는 공간으로, 나아가서는 이상 세계를 한 차원 높게 끌어 올릴 수 있는 명상의 수련 장소로 알고 자신의 능력을 극대화 할 수 있는 터전으로 삼았으면 좋겠다. 우리 사랑나무가 세상에 나왔을 때는 군에서 피운 꽃이 세상의 빛과 결합하여 열매를 맺고 그 열매는 소외된 이웃의 풍요로운 삶을 위해 거름이 되기를 기대한다.

대한민국의 모든 병사에게 임무를 마치고 안전하게 귀가하는 그날까지 건강하게 지내기를 비는 뜻에서 힘차게 구호를 외쳐본다. '아자! 아자!'.

아버지 — 삼대

　살아가면서 힘든 일이 있을 때마다 돌아가신 할아버지가 떠오른다. 그분은 조실부모(早失父母)하여 소년가장으로 어린 시절을 보내는 등 파란 많은 인생을 살았다. 주자가훈 중에 불효부모사후회(不孝父母死後悔)란 말처럼 나도 그분이 돌아가시고 나서야 그분에 대한 그리움을 알게 되었지만 생전에 내게 전해 주었던 많은 이야기는 지금도 내 삶에서 나침반 역할을 한다.

　할아버지는 농경사회에서 중요한 것은 이웃 간 화목(和睦)이라 말씀하시고 실천적 이웃사랑을 강조하였으며 스스로에게는 근면과 검소한 생활에 최고의 가치를 두고 사셨다. 평상시 그분의 마음을 이해할 수 있는 일화가 있다.

　하루는 집안에 도둑이 들었다. 칠흑같이 어두운 밤, 창고 안에 있던 도둑을 잡으려고 온 집안 식구가 나섰다. 주위가 소란스러워진 것을 안 당신께서는 식구를 설득해서 밤손님이 나갈 수 있는 통로를 마련하여 조용하게 내보낸 적이 있다. 도둑은 잡는 것이 아니라 쫓는 것이라며 막고 있던 길을 터주었다. 좋지 않은 일로 대면하게 되면 평생 살아가면서 이웃 간 불편한 관계만 유지된다는 것이 그의 가르침이었다. 근면 검소한 생활에 대해서는 과실수에 비교하여 말씀하신 적이 있다. 과일 나무가 열매를 맺는 것은 자신의 이익보다는 남을 위한 일이 더 크다고 했다. 결국 자신의 근검한 삶은 이타적 생활이 되어 더불어 살아가는 삶의 지혜가 된다는 것이다.

하지만 가난과 배고픔의 시대를 사셨던 할아버지는 인생살이의 험난한 계곡을 지나면서 당신 자신을 위해서는 돈을 한 푼도 제대로 쓰지 못하고 가셨다. 이러한 할아버지의 지난 생활은 나에게 교훈이 되기도 하지만 다른 한편으로는 나를 슬프게 하는 요인이기도 하다. 가난의 굴레에서 벗어나고자 고생하다가 막상 그곳으로부터 벗어났을 때는 당신의 삶이 저물었으니 그를 생각하면 장탄식이 절로 나온다. 당신은 당신 의지대로 세상을 사셨는지 모르겠지만 철이 들면서 알게 된 당신에 대한 그리움은 결코 행복한 것만은 아니었기 때문이다.

속담에 '되로 배워서 말로 풀어먹는다.'는 말이 있다. 이 말은 어쩜 나의 아버지를 두고 하는 말인지도 모른다. 그는 면 단위 농촌 마을에서 초등학교를 졸업하고 할아버지 아래서 농사일을 배웠다. 그의 나이 40세 때는 전국 다수확왕에 오를 정도로 벼농사에 해박한 지식을 가지고 있었다. 농진청에서 새로운 벼 품종을 개발하면 곧바로 아버지가 경작하는 논에서 시범 재배를 거쳐 전국으로 확산시키기도 했다. 50세가 넘어서는 단위농협 조합장을 세 번이나 할 정도로 많은 사람과 유대 관계가 좋았으며 지역 주민의 결혼식에는 주례를 도맡아 할 정도로 인망(人望)이 높은 분이었다. 이러한 아버지의 적극적인 삶은 한국전쟁 당시 참전용사로 적군과 교전 중에 총알이 식도 옆을 스치고 지나는 중상을 입고 후송되어 생사의 고비를 넘기는 과정에서 얻어지지 않았나 싶다.

하지만 아버지의 이러한 생활은 가정을 소홀히 하는 원인이 되어 어머니와 자주 다투게 되었다. 밖에서 여러 직책을 맡아 활동하다 보니 가계 지출이 많아지고 가정사엔 그만큼 소홀하게 되었다. 그래도 그분은 늘 당신 생전에 하고 싶은 것 다하며 살겠다고 말씀하시곤 했다. 평소 검소한 생활이 몸에 밴 어머니로서는 좀처럼 이해하기 힘든 부분이었을 게다.

나는 가정을 이루고 살면서 매사 할아버지로부터 배운 아낌의 정신을 철저하게 강조하면서 살았다. 나도 모르게 그분의 생활방식에 젖어 살아가고 있었다. 하지만 이러한 생활은 나도 모르게 소외된 사람들을 잊고 지내는 요인이 되기도 했다.

사회 경제가 어려울 때 목욕탕에 가기 위해서 세면도구를 챙겨 들고 나오는데 아내는 평소보다 많은 돈을 주면서 "오늘은 특별히 때 미는 사람에게 부탁하여 때를 밀고 오세요."라고 말한다. 나는 사회적으로 가뜩이나 어려운 시기에 무슨 때를 미느냐며 고개를 갸웃하고 있으니 우리가 이렇게 힘이 드는데 그 사람들은 얼마나 어렵겠냐며 이왕이면 집으로 올 때도 걸어오지 말고 택시를 타고 오라고 한다. 일상에서 지나친 소비는 경계해야 하겠지만 유익한 소비는 남에게 베푸는 일이라며 묵시적 교훈을 주었다.

  그날 이후로 나는 "가난이란 실제적 가난뿐만 아니라 매사 만족할 줄 모르는 것이 가난"이라고 했던 할아버지의 근검 정신과 "세상은 아름다운 것이니 맘껏 즐기며 살겠다"던 아버지의 여유 있는 생활의 중간적 한계를 설정하고 내 나름 소비생활을 지향한다. 훗날 내가 이 세상에 없을 때 자식의 입장에서 부모에 대한 평가가 어느 한쪽으로 기울어 아쉬움을 남기지 않았으면 하는 바람도 있다.

해넘이에서 ─ 해돋이까지

인생 60이 지나면 한두 번쯤은 삶과 죽음에 대하여 깊이 생각해 본 적이 있을 게다. 하지만 그에 대한 해답은 생각이나 고민으로 해결할 수 있는 문제는 아닌 것 같다. 오히려 죽음에 대한 생각이 깊어질수록 두려움은 커지고 불안감이 상승하기 때문에 죽음을 진지하게 생각하기보다는 일상으로부터 한 걸음 비켜선 자리에서 관망하는 자세를 취하지 않을까 싶다. 이처럼 사람들이 죽음 앞에서 작아지는 것은 그들이 향유하고 있는 현재의 모든 것이 영속되기를 바라지만 어느 순간에는 다 내려놓아야 한다는 생각에 마음 접근이 꺼려지기 때문이다. 죽음도 삶의 일부이고 언젠가는 반드시 넘어야 할 산이라고 알고는 있지만 막상 죽음을 자신의 현실과 결부시켜 생각하고자 하는 마음은 쉽게 내키지 않는다. 그래서 대부분의 사람은 죽음 앞에 당도하고서야 인간의 세속적인 욕망이 얼마나 허망한 것인가를 알게 되고 미처 대처하지 못하고 살아온 지난날을 후회하지 않을까.

　나 역시 죽음에 대해서는 아직 예비 된 게 하나도 없다. 하지만 성승 중에 죽음에 대한 대처 방법을 제시한 이가 있는데 그는 '자기의 죽음을 아예 무시하거나 자신의 죽음과 정면으로 맞서 죽음에 대해 분명하게 생각함으로써 죽음이 야기할 수 있는 고통을 최소화 할 수 있다.'고 했다. 나는 가끔 후자 쪽에 관심을 두고 많은 생각에 잠길 때가 있다. 그때마다 삶과 죽음의 경계에 신앙의 다리를 연결할 수 있다면 과거와 미래의 근본으로부터 좀 더 자유로울 수 있지 않을까 하는 생각을 해 본다. 삶과 죽음은 지속과 신생이라는 정반대의 개념이다. 지속과 신생은 함께 존재할 수 없다. 지속이 멈추었을 때만 신생이 일어난다. 우리의 낡은 생각이 새로운 생각이 되기 위해서는 낡은 생각을 과감하게 버려야 하듯 우리가 새로운 삶으로 다시 태어나기 위해서는 지닌 욕망으로부터 온전히 벗어나야 한다. 이처럼 신앙생활은 하루하루의 삶을 마감과 창조의 순환과정으로 이어가기 때문에 궁극에는 죽음조차 삶의 한 영역으로 이해하게 되는 것이 아닐까 생각해 본다.

　평소 내가 아주 좋아했던 작은 숙부께서 갑자기 돌아가셨다. 그분의 바른생활은 내 삶의 교과서였고 곁에 있다는 존재감만으로도 내게는 큰 힘이 되었다. 평생을 남에게 싫은 소리 한번 하지 않고 늘 처음처럼 좋은 감정으로 살아왔기에 이웃으로부터 존경을 받으며 사셨던 분이다. 그간 감기 외에는 병원에 다닐 일이 없을 정도로 건강관리도 잘하여 남의 부러움을 받기도 했다. 그러던 분이 어느 날 갑자기 세상을 떠나셨다니 나는 잠시 정신적 충격에 빠졌다. 상을 치르고 나서도 한동안은 그분 생각에 마음이 안정되지 않았다. 하루는 허전한 마음에 동네에서 가까운 불암산을 찾았다. 계곡 한자리를 차지하고 앉아 대책 없이 흘러가는 물만 바라보다가 문득 인생은 흐르는 물과 같다더니 바로 이런 것이 아닌가 하는 생각을 했다. '한번 흘러 지나게 되면 두 번 다시 되돌아올 수 없는 자연의 이치.' 흐르는 물 가장자리에서 이승을 하직하고 저승을 향해 떠나는 그의 혼을 위해 나는 경건한 마음으로 기도를 올렸다. 그리고 병원에서 시한부 진단을 받고 가족에게 자신의 심경을 밝힌 이 세상 마지막 글을 천천히 떠올렸다. 열반 49일 되던 날, 천도제 예식 중 원불교 교무에 의해 일반인에게 공개된 그분의 편지는 단 한 번 들었을 뿐인데 가슴 시린 여운이 오래도록 남아있다.

"아침에 일어나 보니 밖에는 눈이 내리고 있다. 어제저녁은 왠지 잠이 쉽게 들지 않아 마음속으로 나무아미타불을 암송하다 잠이 들었다. '운명은 재천이고 잘 살고 못 사는 것은 분지복(分之福)이다.'라는 말을 많이 들었다. 각종 종교 서적·철학자·선배들은 죽음에 대하여 순수하게 받아들이라고 하였다. 대종사님께서도 죽음은 숨을 내쉬고 들이마시는 이치와 같고 눈을 떴다 감았다 하는 것과 같다고 하셨으며 대종사님 모친이 병이 깊었을 때도 사람의 명은 하늘에서 주는 것이니 걱정하지 말라는 취지의 말씀을 하셨다. 내가 생각해도 생사의 이치는 순리 자연의 도리에 맞는 취지이며, 헌 옷을 벗고 새 옷을 입는 것과 같다는 신념이 확실하게 서고, 갔다가 다시 돌아오는 불생불멸의 이치를 깨달았으니 죽음에 대하여 크게 두려운 것이 없다. 다만 그 많은 세상에 정이 들고 희로애락을 같이 해온 사람들 잊을 수가 없어서 착심을 떼어 내기에는 어려움이 따르지만 그래도 가야 할 길은 아니 갈 수가 없는 일이니 누가 그 길을 막으리오. 내 건강을 위하여 열심히 살아왔지만 어려운 췌장에 병을 주어 데려가려고 하니 내 어찌 거역하리요.

지금까지 행복하게 잘 살 수 있도록 도와준 모든 이에게 감사를 올리고 또 감사를 올리며 특히 내 자녀로 와서 태어난 3남매 너희들이 있어서 행복했다. 사랑하는 나의 당신, 전생의 인연 깊어 부부 연을 맺고 사랑을 주고받고 다른 사람들의 부러움을 받으며 열심히 행복하게 살 수 있도록 넓은 마음으로 나를 도와준 당신에게 감사한다고 말하고 또 해도 끝이 없을 것이다. 사랑하는 우리 삼 남매 그리고 당신, 고마워. 다음 생 어디에선가는 또 만날 것이야. 그때는 알는지 모를는지, 어디서 본 것 같은 만남이 되겠지. 고마워, 미안해!

낙엽 사이로 제비꽃 하나가 수줍은 듯, 부끄러운 듯 엷은 미소를 지으며 인사를 건넨다. 폭설과 한파 속에서도 결코 좌절하지 않고 삶의 불꽃을 피울 수 있었던 정신이 어쩜 저렇게 여린 생명체에서 나올 수 있을까. 아무리 생각해도 이해할 수 없는 자연의 신비에 취해 내가 산속에 들어앉아 있는지 산이 내 안에 들어와 있는지 감각기관조차 무디어진 상태에서 몽롱한 생각이 끊임없이 이어지는데 하얀 나비 한 마리 날아와 영혼의 뜰 안에서 서성인다. 배움이 없어도 진리를 터득하고 진리 안에서 생활하다 다시 진리 속으로 돌아가는 아주 작은 생명체, 하지만 나는 그들로부터 거대한 우주의 힘을 느꼈다. 인간 세상 끝에서 해넘이를 보면서도 아쉬움에 대한 탄식보다는 사랑과 감사로 일관되게 자신의 생각을 전하고, 하늘 세상 여명에서 해돋이를 보면서도 두려움 없이 맑은 영혼에 씨앗을 뿌릴 수 있었던 작은 숙부의 깨달음을 보면서 나는 우주보다 큰 에너지를 느낄 수 있었다.

따스하던 햇볕이 둥지를 찾아 떠날 즈음 나는 자리에서 일어났다. 앞서 흘러내려 간 물은 흔적조차 찾기 힘들었지만 그들이 지난 자리에선 맑고 고운 물소리가 계속해서 들려오고 있었다.

고종명 — (考終命)

　문화센터 강의를 끝내고 손전화기를 열어보니 부재중 전화가 세 통이나 와 있었다. 궁금해서 발신자 번호를 눌러보니 오래전 담임을 했던 제자의 목소리가 들려왔다. 부재중에서 통화까지는 꽤 많은 시간이 지났음에도 그의 목소리는 잔잔하게 떨리고 있었다. 병원에서 아이가 태어났는데 기쁜 소식을 선생님께 알리고 싶어서 전화했다고 한다. 생명 탄생은 그 자체가 경이로움이고 축하할 일이다. 나도 달뜬 마음이 되어 한껏 축하해 주었다. 그동안 제자들로부터 아이 돌잔치에 참석해 달라는 연락을 받은 적은 한두 번 있었지만 아이가 태어났다고 연락을 한 경우는 처음이었다.

　한껏 상기된 감정이 호수의 물결처럼 잔잔하게 번져가는데 사촌 동생으로부터 부고 전화가 왔다. 당숙이 갑자기 돌아가셨다는 것이다. 나는 통화를 이어가면서도 설마 했지만 사실이었다. 당숙은 나이 칠십 초반이 믿기지 않을 정도로 원기 왕성하게 사업을 하는 분이었다. 은퇴 전에는 대기업 부회장을 할 정도로 경영 능력과 조직 관리 면에서도 탁월한 능력을 발휘했다. 그런 분이 자신의 집에서 곁에 있던 식구가 손을 써 볼 겨를도 없이 생을 마감했다고 하니 참으로 안타까운 일이었다. 망연자실할 가족을 생각하니 가슴이 먹먹했다. 사람이 나고 죽는 일은 종이 앞뒷면과 같이 한순간에 있음을 어렴풋이 짐작은 하고 있었지만 가까운 사람의 슬픈 소식을 갑자기 듣는 것은 처음이었다. 그날 이후로 나의 머릿속에는 생과 사에 관한 생각이 끊임없이 떠올라 일상적 마음을 유지하는데 시간이 좀 필요했다.

봄기운이 완연하고 온산이 수채화 물결로 출렁일 즈음 집에서 가까운 산에 올랐다. 몇 해 전, 장맛비에 산사태가 나면서 나무가 뿌리째 뽑혀 넘어진 곳을 지나다가 주변 바위에 걸터앉아 잠깐 쉬고 있었다. 당시에는 피해 규모가 워낙 커서 원상회복이 쉽지 않을 거라 생각했는데 불과 칠팔 년 만에 자연은 빠르게 본디의 상태로 돌아가고 계곡엔 맑은 물이 다시 흘러 새로운 꽃과 나무를 키우고 있었다. 황폐했던 옛 모습은 어디에서도 찾아보기 어려웠다. 한때는 세인의 관심으로부터 온갖 집중을 받았던 일도, 고통의 아픔도, 지나고 나니 한낱 부질없고 아득한 일로 여겨졌다. 사람의 삶과 죽음 역시 이와 다를 바가 있겠는가. 시간이라는 마술에 빠지면 아픔의 자국도 기쁨의 흔적도 사라지고 새로운 생명체에 그 자리를 내주는 것이 대자연의 순리겠지.

빠른 속도로 본래의 모습으로 돌아가는 자연 앞에서 나는 잠시 지난 시간을 거슬러 올라갔다. 우리는 내 의지와는 상관없이 태어나는 것 같지만 사실은 만물의 이치와 하늘의 섭리에 의해 선택을 받아 이 세상에 태어난다. 이는 우리가 세상을 살아가며 끝없이 이해하고 사랑해야 하는 존재 이유이기도 하다. 세상 모든 것은 영원할 수 없다. 모든 생명체는 태어나고 죽는 것이 당연한 이치이다. 하지만 유독 사람만은 그 당연함에 낯설어한다. 그러다 보니 평소 죽음에 관하여 진지하게 이야기하는 사람은 그리 많지 않은 것 같다. 하루하루 편안하게 살다가 어느 날 불현듯 떠나는 게 인생이라고 스스로 위로하며 주로 타자의 관점에서 이해하려 한다. 그럼에도 죽음은 늘 우리 곁에서 우리의 삶을 간섭한다. 나는 가끔 죽음이 두려운 것은 지난 삶에 대해 아쉬움과 다음 생에 대한 불확실성 때문이 아닐까 하는 생각을 해본다. 지극히 소수의 사람 중에서 죽음을 두려워하지 않고 세상을 살아간 사람이 있기는 하다. 절대적인 신앙 안에서 절제된 삶을 살아 간 선지자들이나 강한 신념을 바탕으로 자신의 삶을 주체적으로 이끌어 간 철인(哲人)들이 아닌가 싶다. 하지만 대부분의 사람은 삶과 죽음에 관한 숙제를 안고 살면서도 결국은 미완성으로 남겨 놓은 채 세상을 떠나고 만다.

저물녘이 되니 흐르는 물소리가 더욱 청아하게 들린다. 맑은 물에 손을 씻으니 마음까지 상쾌해짐을 느낀다. 모처럼 평상심을 유지할 수 있는 시간이었다. 우리는 이 세상에 잠시 머물 뿐이다. 삶과 죽음은 아무도 예측할 수도 피할 수도 없다. 우리는 이러한 사실을 알고 지나치게 현상적인 것을 좇기보다는 자연의 순리에 따라 내면의 소리에 귀 기울일 때 죽음에 대한 두려움 없이 고종명(考終命)에 이를 것이라 생각하면서 하산을 서둘렀다.

인생을 — 적어 보는 일

자연계는 아무리 척박한 땅이라도 생명의 힘이 살아 숨 쉬고 아무리 하찮은 생명체라도 존재 의미를 갖고 살아간다. 자연은 생명의 본시 고향으로 생명력이 유지되는 모든 것은 한시도 그곳에서 벗어날 수 없으며 떠나서도 살 수 없다. 인간 역시 부모로부터 생명을 부여받고 자연에서 살다가 궁극에는 다시 자연의 고향으로 돌아가야 한다. 이는 자연계와 인간이 맺은 보이지 않는 필연의 약속이기 때문이다. 자연에서 왔다가 다시 자연으로 돌아가야 하는 삶, 모든 것은 잠시 머무를 뿐 영원한 것이 없기에 우리의 한정된 생을 아름답게 펼치기 위해서는 매우 짧은 시간까지 아끼면서 부단히 노력하며 살아가야 하는 지혜가 필요하지 않을까 싶다.

이런저런 생각할 시간적 여유 없이 조상님의 묘를 옮겨야했다. 그동안 모셔왔던 선영을 산주가 매도한 탓이다. 타인으로부터 이

장 관련 소식을 처음 들었을 때는 몹시 당황스럽고 서운한 감정도 있었지만 어차피 우리 소유의 땅이 아닌 것에 마음 상할 것까지는 없을 것 같아서 순리대로 따르기로 했다. 우선 조상님께서 편히 쉬실 만한 장소를 알아보았다. 현재 내가 사는 곳에서 접근성이 좋은 곳을 먼저 고려하여 이곳저곳을 알아보다가 용인 근처에 있는 묘원을 선택했다. 갑작스레 결정하게 된 사안이라서 일을 진행하는 데 서툰 점도 있기는 했지만 전체적으로는 잘 마무리되었다.

이장(移葬)의 첫 단계는 지방 면사무소에 개장 신고를 해야 하는 일이었다. 하지만 뜻밖의 일에 부딪혀 애를 태웠다. 주민등록에 등재되지 않은 고조부님과 증조부님의 신분을 밝히는 일이 우선이었는데 모든 일을 처음 경험해 보는 터라 일의 앞뒤가 맞지 않고 우왕좌왕하다보니 적잖은 스트레스를 받았다. 면사무소 직원의 안내에 따라 주민등록으로 대체할 수 있는 족보를 준비했다. 족보로 인증할 수 있는 내용은 신고가 가능했기 때문이다. 그렇지만 막상 족보를 찾았어도 예전에는 족보에 적힌 이름과 집에서 부르는 이름이 달라서 많이 힘들었다. 조상님께서 생활하시던 예전에는 항렬을 따르기 위해서는 족보 이름을, 집에서는 다른 이름을 통상적으로 사용했기 때문이었다. 복잡한 절차를 거쳐 모든 신고를 마쳤다.

이장 당일, 나는 간단히 준비해 간 제물을 조상님 전에 올리고 성수를 뿌린 다음, 기도를 올렸다. 지극히 짧은 예식, 조상님의 이

장도 내가 편해지고자 하는 방식대로 이해하고 그대로 실행하는 것이 아닌가 하는 생각이 들기도 했다. 합리화라는 말이 얼마나 편한 것인지 실감이 되기도 했다. 일의 순서로는 150여 년 전에 모셨던 고조부님의 망해(亡骸)를 먼저 수습하고 증조부모님과 조부모님 그리고 마지막으로 아버님의 유해를 거두었다. 돌아가신 분의 유해를 승용차로 용인까지 모시면서 나는 내 앞에 남아있는 시간을 추론해 보고 또 내 뒤로 따라오는 시간을 헤아려보니 잠시 숙연해진다.

　고조부님과 증조부님은 아직 한번도 뵌 적이 없는 관계로 어떠한 추억도 떠올릴 수는 없었지만 어린 시절을 함께 보냈던 조부모님을 통해서 나는 선대 조상님의 얼과 정체성을 추측해 볼 수 있었고 당시의 삶도 먼발치에서나마 이해할 수 있었다. 아버지, 아버지의 아버지를 통해서 앞으로 나가다 보면 내 조상은 한 분이라는 결론에 이르게 되면서 나의 존재가 얼마나 대단한지를 알게 된다. 우리에게 만남의 의미는 우연이 아니라 처음부터 정해져 있음을 이해할 수 있는 대목이기도 하다. 생각을 이어서 한없이 앞으로 가다 보면 결국 인간의 역사는 자연계의 흐름과 맞닿을 수밖에 없는데 오늘의 현실은 정해진 만남이 이루어지는 역사적인 순간이기도 하다. 이러한 순리 속에서 세월이 지나면 나의 존재도 내 이웃도 결국은 이 세상에 남아있을 수가 없겠지만 우리의 후대 역시, 나의 다리를 건너 또다시 조상님을 추상해 볼 수 있지 않겠는가 하는 생각을 해보면 한시도 만남의 인연을 허투루 보낼 수가 없다는 생각이 든다.

　우리는 행복을 추구한다. 하지만 뒤좇아 가는 방향성에서는 진실과 거짓을 갈음할 능력 없이 각자의 기준표에 따라서 움직인다. 나의 행복 방향은 잘 맞추어져 있는지 인생 나침반을 조용히 살펴본다. 행복은 세상 밖에서 어느 날 갑자기 찾아오는 것이 아니라 내가 내 안에서 나만의 자존감으로 나를 키워갈 때 이루어지는 것인데 그 근저에는 깨달음이 있어야 한다. 인간은 태어나서 누구나 한번은 깨닫게 되는데 깨달음의 시기는 각기 다르다. 선지자는 일상을 통해서 깨닫게 되지만 보통 사람은 죽음에 직면해서야 깨닫게 된다. 그렇다면 나의 깨달음은 언제일까 한참을 생각해 보지만 망막하기만 하다.

　모든 절차를 마치고 집으로 돌아오는 길에서는 깊은 생각에 빠져들었다. 조상님을 좋은 곳으로 모시겠다고 한 행위 자체가 자연으로 돌아가고자 하는 조상님의 순리에 역행하는 행위는 아닌지, 과연 이런 나의 행동이 후대 언제까지 이어질지, 타인의 매장 문화를 아무 생각 없이 따라간 어리석음은 아닌지를 생각했다. 하지만 삶의 지혜와 인생을 풀어가는 지혜를 주셨던 선인을 기억하며 내 가까이에 모시고 살아가는 것도 그리 잘못된 것은 아닐 거라는 생각에 마음을 편히 갖기로 했다. 그렇게 하는 것이 행복일 거라 생각했다.

한 줄기 바람에도 희비가 갈리고 찰나의 생각에도 마음 작용이
생과 사의 경계를 넘듯이 오늘의 결정을 스스로 잘한 일이라고 생
각을 정리해 보며 즐거운 마음으로 가계(家系)를 정리하고 만족감
에 취해본다.

장석영 수필집 《카페 정담》 작품 세계

삶과 글쓰기의 본질에 대한 성찰

시인 허형만(목포대 명예교수)

　장석영 저자는 문학평론가이자 수필가이다. 《카페 정담》은 첫 수필집 《가위 바위 보》(2005, 도서출판 한울) 이후 무려 16년 만이다. 이번 수필집은 저자가 그동안 교직 생활과 국내외 명산 트래킹을 통해 자신을 돌아보고 성찰하는 명상록인 동시에 우리말 이야기 《반딧불 반딧불이》(2011, 해드림출판사)를 출간할 정도로 우리말 우리 글을 얼마나 사랑하고 있는지를 보여준다. 또한 수필의 본질은 무엇이며 참된 수필이란 어떠해야 하는지 수필가로서 소신을 피력함으로써 수필을 쓰고자 하는 분들에게 교양과 창작에 도움을 주기에 충분하다. 아르헨티나의 시인이자 소설가인 보르헤스는 "과일의 맛이 과일 자체에 있는 것이 아니라 미각과의 만남에 있는 것처럼 시의 의미는 종이에 인쇄된 단어들 속이 아니라 독자와의 교감 속에 있다."고 말했다. 보르헤스의 말 중에서 '시' 대신에 '수필'로 바꿔도 하등 차이는 없다. 여기 저자의 수필이 바로 '독자와의 교감'을 불러일으키는 대표적인 예가 되리라.

1

저자는 80년대 초 충청남도 서천의 한 여자고등학교에서 첫 교직 생활을 시작한 후 서울로 올라와 고등학교에서 체육 교사로 봉직하면서 있었던 학생들과의 인연을 들려준다.

사람들은 무엇인가 소유하려는 욕심 때문에 오히려 많은 것을 잃는다. 사랑 역시 어떤 대가나 보상을 전제로 한다면 진정한 사랑은 얻지 못할 것이다. 사랑은 소유가 아닌 존재이므로 그렇다. 또한 사랑은 물질이 아니기 때문에 세상 어디에도 그것을 붙잡아둘 끈이 없다. 따라서 진정한 사랑은 어느 한 가지 것에 집착하여 스스로 유한의 틀에 갇히기보다는 끊임없이 세상과 나를 보며 외연을 확대하고 진실의 토대 위에 자기의 틀을 만들어가야지 싶다.
― 〈사랑이 아파요〉

장맛비가 추적추적 내리던 날 오후, 일과를 마치고 퇴근 준비를 하면서 문단속을 하기 위해 잠시 교실에 들렀는데 책상에 엎드려

흐느끼는 한 여학생을 발견하고 그 학생을 달래어 학교 앞 식당으로 데려가 밥을 사주면서 학생의 고민을 듣고 위로해준 이야기다. 사춘기의 학생들이 겪는 일 중 '사랑' 때문에 고민하고 아파하는 사실을 잘 아는 저자는 그 학생의 아픈 사랑 이야기를 통해 "사랑은 소유가 아닌 존재"라는 사실을 확인시켜주고 있다.

〈쁘잉 쁘잉〉에서는 교직 정년 3년여를 남기고 남자고등학교에서 같은 재단 여자고등학교로 옮긴 후 학생들의 자유분방한 수업 태도로 고민하면서 교직 생활 초기 때의 자신을 돌아본다. "교직 생활 초기 나는 학생들에게 위엄을 갖춘 생활에서 잘못이 발견되었을 때는 가차 없이 주의를 주었다. 나의 최고 무기는 학생들을 순종적으로 따르게 하는 절대 권위에 있었다."고 회고한다. 이때는 교직에 첫발을 내디딘 80년대 초였다. 첫 교직 시작이니만큼 연기자와 같은 선생님이 될 것인지 연출가와 같은 선생님이 될 것인지 고민하다가 연출가와 같은 선생님이 되기로 결심하고 실행에 옮겼다. 그러나 정년을 앞둔 때는 시대가 달라도 많이 달라졌다. 따라서 교사로서의 교육관도 변하지 않으면 안 되었기에 바람직한 교육자의 모습을 재정립하게 된다. 그리하여 얻은 결론은 교사는 시나리오를 맡고 학생은 연출과 배우를 겸할 수 있도록 지도하는 것이다. 이 글을 읽는 독자 중에 지금 교직에 계신 분은 잘 음미할 필요가 있다고 본다.

퇴직 후에는 제자가 성인이 되어 주례를 부탁하거나 교단에서의 가르침을 깨달아 사회에서 훌륭하게 자리 잡고 결혼하여 두 아이의 아빠가 된 제자가 스승의 날을 맞아 찾아온 이야기들은 진정한 교직의 보람을 느끼게 하기에 충분하다.

1) 예로부터 결혼은 '인륜대사(人倫大事)'로 불리며 인생에서 가장 중요한 일로 여겼다. 남녀가 정식으로 부부 관계를 맺는 것은 본인뿐만 아니라 가족 구성원까지도 하나가 되기 때문이다. 김 군 내외는 신혼여행을 다녀와서 나를 찾아왔다. 나는 그들에게 '삶은 지겹게 지겹게 오래가 아니라, 순간순간 알차게 살아야 한다.'는 말로 그들이 화목하고 행복하게 살아가기를 빌었다.

- 〈한 쌍의 사랑 앵무에게〉

2) 사람은 누구나 절대자로부터 한두 가지 재능은 타고난다고 한다. 한때의 게으름을 전화위복의 계기로 삼아 자신에게 주어진 양능(良能)을 최대로 발휘하여 열심히 살아가는 그는 이미 행복의 가치를 잘 알고 있었으며 그 가치를 실현하기 위한 고등 정신력까지 갖추고 알찬 미래를 준비하고 있었다. 나는 그의 자신감에서 희망의 빛을 보았고 그 빛은 개인의 빛이 아니라 이 세상 많은 사람의 빛이 될 거라 확신했다.

- 〈잠신이의 변신〉

1)은 고등학교 담임을 맡았던 김동휘 학생의 주례를 서주면서 느낀 소감이다. 김동휘 군은 학창 시절 전교총학생회장을 했고 학업 성적도 우수하여 서울대학교를 졸업하고 삼성중공업 책임 연구원으로 근무하면서 자신의 결혼식 주례를 고등학교 때 담임 선생님을 찾아와 부탁한 것이다. 저자는 주례사에서 사랑하는 제자에게 행복한 결혼 생활을 위해 부부 사이에 소통·배려·감사, 그리고 지극한 효심을 당부한다.

2)는 퇴직 3년 차 되던 해 학창 시절 잠이 무척 많아 잠의 경지에 오른, 그래서 '잠신이'로 인정받은 제자가 스승의 날을 맞아 찾아온 이야기다. 저자는 이 잠신이라 불리는 학생에게 하루에 시한 편씩 외우면 정상수업 이후에는 언제든지 집에 갈 수 있도록 해주겠다고 약속을 했고, 그 학생은 그대로 실천하여 시를 외웠을 뿐 아니라 외운 시에 대한 감상문을 쓰도록 했더니 또한 그리 실천했다. 그 학생은 결혼하여 두 아이의 아빠가 되었으며, 이리 훌륭하게 사회인이 될 수 있었던 원동력은 선생님이 내준 시 외우기와 감상문을 쓰는 과제를 하다 보니 자신도 모르게 생각이 바뀌고 행동이 변화되었노라고 고백한다. 현직이 아닌 퇴직한 선생님께 스승의 날이라고 찾아주는 제자는 반갑고 고맙다. 더욱이 이 학생처럼 변화된 삶으로 훌륭한 사회인이 되어 찾아주었을 때는 더더욱 감동적이다. 저자는 이 감동의 의미를 잘 전달하고 있다.

2

저자는 여행을 좋아한다. 특히 산을 좋아해서 전국 200대 명산을 세 번 이상이나 다녀왔을 정도이고 히말라야의 안나푸르나와 에베레스트·체르고리봉도 다녀왔다. 저자가 산행을 하는 이유는 무얼까?

숲길 따라 한 시간 삼십 분을 걸어서 올라가니 갑자기 구름바다가 보인다. 그 많던 야생화는 구름바다 아래에서 잠을 자는 듯했다. 그들의 궁전에 초대받기까지는 기다림의 시간이 필요했다. 십여 분이 지나자 바람은 하얀 막을 서서히 들어올리기 시작했다. 어둡던 하늘이 열리고 빛이 들어오자 대지는 꽃물결로 변했다. 가슴은 달아올랐고 눈빛은 꽃바다에서 파도를 타고 있었다. 감성을 지배하고 있던 모든 기능이 일시적으로 한곳에 멈춰 있는 듯했다. 풀벌레 소리에 정신을 차리니 후각마저 꽃향기에 취해 있었나 보다.

- 〈내 마음의 화원〉

강원도 인제군 진동리의 곰배령을 다녀온 글인데 순간순간 변화되는 자연의 신비가 마치 정지용의 시 〈백록담〉을 떠올리게 하는 형상화된 표현으로, 매우 시적이다. 제목의 '내 마음의 화원'이란 "평소 아름다운 것을 볼 때마다 그것을 가슴속에 담아 놓은 나만의 꽃밭"이라고 귀뜸해준다. 저자는 세상사 힘든 일이 있을 때마다 이 마음의 화원에서 힘과 용기를 얻고 아픈 마음을 달래기도 한다. 곰배령을 찾은 것도 특별히 마음의 꽃밭에 뿌릴 씨앗을 구하기 위해서였는데 곰배령의 야생화는 그 역할을 하기에 충분했다. 그래서 말한다. "나는 내 마음의 꽃밭에 뿌릴 또 하나의 씨앗을 곰배령에서 얻었다."고.

낙엽 사이로 제비꽃 하나가 수줍은 듯, 부끄러운 듯 엷은 미소를 지으며 인사를 건넨다. 폭설과 한파 속에서도 결코 좌절하지 않고 삶의 불꽃을 피울 수 있었던 정신이 어쩜 저렇게 여린 생명체에서 나올 수 있을까. 아무리 생각해도 이해할 수 없는 자연의 신비에 취해 내가 산속에 들어와 앉아 있는지 산이 내 안에 들어와 있는지 감각기관조차 무디어진 상태에서 몽롱한 생각이 끊임없이 이어지는데 하얀 나비 한 마리 날아와 영혼의 뜰 안에서 서성인다. 배움이 없어도 진리를 터득하고 진리 안에서 생활하다 다시 진리 속으로 돌아가는 아주 작은 생명체, 하지만 나는 그들로부터 거대한 우주의 힘을 느꼈다.

- 〈해넘이에서 해돋이까지〉

평소 저자가 좋아했던 작은 숙부께서 갑자기 돌아가셨다는 소식에 정신적으로 충격을 받는다. 그분 생각에 마음이 안정되지 않아 찾은 곳이 동네에서 가까운 불암산. 계곡 한 자리를 차지하고 앉아 대책 없이 흘러가는 물만 바라보다가 문득 인생은 흐르는 물과 같다더니 바로 이런 것이 아닌가, 상념에 젖는다. 이러한 상념에서 깨어나 낙엽 사이의 제비꽃을 발견하고 폭설과 한파 속에서도 결코 좌절하지 않고 삶의 불꽃을 피운 생명력, 그리고 하얀 나비 한 마리 나타나 영혼의 뜰 안에서 서성임을 느꼈을 때, 그것이 바로 우주의 힘이라는 사실을 깨닫는다. 이 깨달음이야말로 저자를 지탱하는 정신이자 우주보다 큰 에너지로 작동한다.

칸진곰파에서 체르고리 정상까지의 고도는 대략 1,200m이다. 걷다 쉬다를 반복하여 숨이 멎을 듯한 상태에서 목적지에 도착했다. 출발지로부터 4시간 20분이 걸렸다. 체르고리 정상에 서니 온 우주가 밀려와 마음에 박힌 듯 아무 생각이 나지 않는다. 현재의 눈높이에서 히말라야의 준봉을 수평으로 바라볼 수 있다는 사실만이 나를 감동하게 한다. 격한 감동에서 서서히 벗어날 즈음 주위 경관이 하나 둘 눈에 들어온다. 마음을 추스르고 감사의 기도를 올린 다음 가이드와 함께 사진 몇 장을 찍고 있는데 외국인 서너 명이 정상에 올라왔다.

- 〈미운 사랑 체르고리〉

히말라야 체르고리봉을 오른 장면이다. 이곳 정상에서 반 시간 정도 머물다가 하산한다. 가이드를 먼저 내려 보내고 혼자서 걷는다. 때때로 아름다운 경치에 넋을 잃고 현상을 바로 보지 못하는 착시현상까지 느끼기도 한다. 순간을 포착하여 사진을 찍고, 떠오른 생각을 수첩에 옮겨 적기도 하면서 걷다가 아차 하는 순간 급경사 아래로 추락하고 만다. 당시 상황을 저자는 "비상 헬기로 카트만두 국제병원을 거쳐 국내 대학병원 응급실까지 이동해야 했는데 당시는 혼돈의 위기 상황이었다. 나는 이동 중에 끊임없이 불확실한 미래에 대해 알고 싶었지만 돌아오는 답은 불안과 공포였다. 실체도 자성도 없는 텅 빈 상태가 곧 현실이었다."《인생의 무늬》고 회상한다. 정상으로 돌아와 깨달은 것은 "그림자를 통해 내 안의 본질과 이성의 조합법을 알게 되었고, 과거의 영혼을 통해서 미래의 영혼을 내다볼 수 있는 상식을 얻었으니 비록 큰 상처와 맞바꾼 교훈이었지만 긍정적으로 받아들일 만한 일."이라는 점이었다고 술회한다. 동시에 "나는 몇 차례의 불가사의한 일을 겪으면서 본래 내가 가고자 했던 삶의 방향을 다시 점검해 볼 수 있었다. 세상일이라는 게 '진리와 말씀 외에는 아무것도 아니니 항상 감사하며 살아가자'《세 번의 기적》고, 스스로 다짐한다.

3

저자는 문화센터에서 오랜 기간 글쓰기와 수필창작을 강의하고 있다. 이번 수필집에는 자신의 강의와 수강생들의 글을 통해서 우리말, 우리글 사랑을 장려하고 있으며 좋은 수필에 관한 견해와 수필가의 역할을 겸손한 마음으로 정리하고 있어 글을 쓰고자 하는 독자, 특히 수필을 쓰고자 하는 독자에게는 상당한 도움을 주리라 확신한다.

평소 허물없이 지내던 글벗 셋이서 드라이브 겸 회포를 풀기 위해서 중미산에 다녀왔다. 우리는 커피 향이 은은하게 풍기는 산속 작은 카페에서 차를 마시며 정담을 나누었다. 일상의 자질구레한 일에서 삶의 다양한 부분에 이르기까지 꽤 깊은 대화가 이어졌다. 특히 지난 삶에 대한 이야기를 주고받을 때는 숙연한 분위기에 젖기도 했다. 이야기를 주도적으로 이끌어 간 사람은 K와 J였는데 두 사람은 어려움을 극복한 공통인자를 가지고 있었다.

- 〈카페 정담(情談)〉

이 수필집 표제 작품이다. 중미산 속 카페에서 평소 허물없이 지내는 사이인 세 사람이 정담을 나누는 이야기다. 이 자리의 세 사람 중 K와 J는 문화센터 수강생이고, 한 사람은 저자이다. 이 글의 핵심은 K와 J 두 분 모두 젊은 시절 어려운 환경과 정신적 고통을 안고 살아오다가 문화센터에서 글쓰기를 시작하면서 그동안의 어려움을 극복하여 정신적으로 치유되었다는 공통인자를 가지고 있다는 사실에 우리는 주목한다. K와 J 두 분은 문화센터에서 글을 쓰는 시간만큼은 어떤 것에도 구속받지 않고 자신만의 일에 몰입함으로써 자신의 아픔을 자연스레 치유 받을 수 있었고 새로운 삶에 대한 애착을 강하게 느낄 수 있었다. 이것이 바로 글쓰기의 효능이지 않을까 싶다.

그러면 글쓰기에 있어 가장 중요한 점은 무엇일까. 저자는 좋은 글을 쓰기 위해서는 많이 헤아려 생각해야 한다는 중국 시인 구양수의 말을 인용하면서 "글짓기에 있어서 생각의 정돈은 아주 중요하다. 좋은 글을 짓기 위해서는 그때그때 떠오른 생각을 가지런히 정돈하여 모을 것은 모으고 버릴 것은 버릴 줄 알아야 한다."(《생각의 정돈에 대하여》)고 말한다. 왜냐하면 생각이 정돈되지 않은 사람의 주장은 논리적이지 못하고, 논리적이지 못한 글은 중언부언하기 쉽고, 문장의 통일성과 연결성도 부족하여 불명확한 글이 되기 때문이다.

수필은 깔끔하고 간결하게 서술하되 글투는 소박한 표현을 바탕으로 한다. 문체가 지나치게 화려하거나 문장이 길면 이러한 수필의 멋에서 벗어난 꼴이 된다. 이는 수필이 삶의 문학이기 때문에 그러하다. 또한 수필은 체험의 표현이다. 체험을 바탕으로 느낀 감정을 구상적 생각의 틀 속에서 인생에 대한 의미를 부여하고 가치를 창출하여 감동을 찾아내는 일이다. 감동은 대단한 것으로부터 오는 것이 아니라 그저 사소한 것에서 온다는 사실을 자각하고 그 은은함과 독특함에 주목해야 할 것이다.

- 〈바른 수식을 위한 한 마디〉

　수필가로서의 수필론이다. 지하철에서 본 20대 후반 여성이 흔들리는 열차 안에서도 열심히 화장하고 있는 모습을 보고 마치 글쓰기 초보 단계에서 벌어지는 화려한 문장 꾸미기에 비유하면서 수필은 결코 그러한 것이 아니라는 점을 강조한 진정한 수필론인 셈이다. 요컨대 저자는 수필 쓰기에서 수식은 적당한 거리에서 정도에 알맞게 표현함으로써 작가의 본뜻을 독자에게 정확히 알려 주는데 그 목적이 있는 것이지 문체의 화려함에 있지 않다는 것이다.

　또한 "수필은 인간 본연에 관한 이해이자 자연 질서에 대한 적극적 표현이다. 그러하기에 수필은 다른 장르의 글과는 달리 치밀한 계산과 깊은 사색의 결과로 빚어진다. 수필은 무한 영역을 통해서 우주와 하나 되고 그 속에서 인간의 근본을 찾아가는 문학이기에 시공을 포함한 모든 영역에서 가장 잘 표현된 문학이라고 볼 수 있다."(〈무형식의 형식〉)는 견해에 우리가 공감하는 것은 저자의 수필론이 단순한 이론을 위한 이론이 아니라 체험에서 우러나온 말임을 알기 때문이다.

　앞에서 우리는 저자가 여행을 즐겨한 글을 감상한 바 있다. 저자는 "좋은 글을 짓기 위해서 필요한 요소 중 하나는 여행"(《좋은 글을 짓기 위한 제언》)이라고 힘주어 말한다. 자신이 처음 글을 쓰게 된 연유도 한겨울 태백산을 다녀와서 그 감흥을 글로 쓰면서부터라고 고백한다. 세상살이가 힘들고 고생스러울 때마다 산에 오르기 시작하면서 점점 글의 분량이 늘어난 것은 당연하다. 그리하여 많은 사람이 우리말을 사용하는데 조금이라도 보탬이 되었으면 하는 마음으로《반딧불 반딧불이》(2011, 해드림출판사)를 출간했고, 또 한 두 권의 '수필 평설집'을 출간하면서 오직 저자만이 할 수 있는 좋은 글에 대한 정의를 오늘날 우리가 귀감으로 삼아야 하리라. 그래서 아래의 〈좋은 글 좋은 말〉은 한사코 수필뿐만이 아니라 모든 장르의 글쓰기에서 필수적인 조건이 아닐 수 없다.

"좋은 글은 화려한 수식어로 치장하지 않는다. 어려운 단어를 무분별하게 사용하지도 않는다. 글쓴이가 자기의 생각을 분명하게 전달할 수 있을 때 독자는 글의 내용을 편안하게 읽을 수 있다.
　좋은 글은 청잣빛 가을하늘에 한 떼의 뭉게구름이 유유자적 떠다니듯, 근원이 다른 물줄기가 서로 섞이어 흐르지만 어느 것에도 막힘이 없듯, 글을 쓰는 사람과 읽는 사람 사이에 소통이 자연스럽게 이루어지는 것을 말한다."

카페 정담

초판 1쇄 발행 2021년 12월 15일

지은이 장석영
펴낸곳 글라이더 **펴낸이** 박정화
편집 이고운 **디자인** 김유진 **마케팅** 임호

등록 2012년 3월 28일(제2012-000066호)
주소 경기도 고양시 덕양구 화중로 130번길 14(아성프라자)
전화 070)4685-5799 **팩스** 0303)0949-5799
전자우편 gliderbooks@hanmail.net **블로그** http://gliderbook.blog.me/
ISBN 979-11-7041-093-5 03810

글라이더는 독자 여러분의 참신한 아이디어와 원고를 설레는 마음으로 기다리고 있습니다.
gliderbooks@hanmail.net 으로 기획의도와 개요를 보내 주세요. 꿈은 이루어집니다.